溫任平、李宗舜——主編

天狼星詩選

二零一八

盛宴

【總序】
大哉詩選：四十二人的微型詩集

溫任平

天狼星詩社以民間團體姿態出現在馬華文壇，那是一九七零年的事，一九七三年才決定用「天狼星」之名印信封，信箋，介入馬華詩壇，開始放眼整個馬華文壇。

一九八九年詩社在文壇淡出，實非得已。七十年代的前行代（一九七零到一九七九年），八十年代的高中生，先後進入職場或校園，成家立業。

二零一四年，化零為整，天狼星詩社重新聚集，並正式註冊為社團，我們把那年國內各華文報章文藝版刊載的「天狼星重現特輯」，編纂成二十人的詩選《眾星喧嘩：天狼星詩作精選》，印刷一千本，出版售罄。二零一五年，詩社成員於科幻詩的總體創作可觀，我們劍及履及印行了《天狼星科幻詩選》。科幻包括科學、科技，於是熵與負熵出現，二重宇宙，機械人助理……都在詩裡出現，寄寓現實於幻想，也讓詩人的奇幻思想找到烏托邦與反烏托邦。

二零一七年我們開始籌編《天狼星詩選：二零一八盛宴》，出版組與詩選主編李宗舜催促甚急，詩選的出版反而比其他的計劃後來居上，放在即刻要籌備的重要工作日程上。

二零一六、一七那兩年，我通過網絡之便，在網上先後主辦端午與七巧閃詩書寫，兩次都收到詩作二百五十首左右，來自五湖四海短小精緻的詩。二零一七年我又在網絡上主辦一項文學研討會，主題是「五四運動與現代主義」，由詩社的成員參與。研討會的水平成績雖然不盡如人意，但這些活動給了我不少動力，也讓我深刻的體會到網絡世界還有開發的空間，除了提供商機，也可能存在人文與理念的空間。

周曼采與宛霓是已故周偉祺的妹妹，偉祺去世之後，她倆受我之邀，加入詩社，「繼承乃兄遺願」。曼采要照顧兩個稚齡小孩，每天睡眠不足；宛霓扛起長兄事業，也忙得不可開交。她們利用隙縫時間寫詩，實在難能可貴。還有拿督黃素珠，她除了星期天上教堂外，每天得趕三到五場的政黨與企業會議。她們的寫詩，肇始於二零一七年，我有點像她們三個人的mentor，他們謙虛好學，進步神速，令我十分快慰。

令我看走了眼的是潛默。他長期寫電影詩，下筆動輒三十行。他參與七巧閃詩，放下電影劇情的桎梏，幾行短句，隨手揮灑，出來的竟然是興味雋永的佳作。潛默的表現著實令我跌碎眼鏡，也讓我領悟藝術性格的伸縮性、靈活性。

想當年編《眾聲喧嘩》，我打電話給實兆遠的露凡，磋商有無可能在一個月也就是三十天的時間把詩寫出來。露凡六十年代寫散文迄今，就是沒試過現代詩創作。只討論了半小時，她便毅然應允。這之後她每天都近乎不間斷的寫詩。《眾星喧嘩》及時收錄了她的詩作八首。

我發現了一個微妙的道理，「詩真的是逼出來的」。李宗舜五日一詩，行之有年，數載下來煎熬出不少佳作，寫詩對宗舜是一種修行，他要煉就的是文字風火爐的金丹。而從時間的壓力來衡量，閃詩疾寫的壓力近乎「秒逼」（股市有「稀殺」一詞）。像露凡那樣，在三十天內從散文作家變成一個現代詩新銳，其實，是真的可能的。詩人會意外的發現，自己在六行（五十個字）的方圓，也有發揮的空間。拿督黃素珠、陳鐘銘與周宛霓在最後幾分鐘閃詩活動要結束的剎那，詩句最見精神。宛霓在閃詩結束前的詩近乎「妙想天開」，她的一些閃詩是可以唱的。

詩社在二零一六年杪到二零一七年年初，引進大批新人，有些新人的基礎紮實，女社員像徐海韻、白甚藍、徐宜，男社員像黃俊智、王晉恆、駱俊廷，他們才二十多歲，詩的根基穩固。華文老師習慣打分，我把他們歸類到七十三分到八十五分的優等或特優階位。他們的技術熟練，要加強的反而是他們的思想性、哲理性，與主題的多樣多元。他們六人，在台在馬，都可能是未來參與華文日報主辦的文學獎（詩）的參與者與獲獎人。海韻下筆如有神助，佳作多，產量亦多；駱俊廷、黃俊智、王晉恆皆擅結構佈局（大多數詩作者都無「結構」的概念，只知信馬游繮），日後成果可堪期待。

根基較浮的覃勱聞，才十九歲，就讀於新山南方大學學院，他從不隱瞞自己對古典文學的濡慕，他的詩近乎新古典主義。勱聞當前的詩，有些句子似變奏自徐志摩與余光中，某些片語又不免掇拾古典詩詞的美麗套語，惟小疵難掩大瑜，如果他能以知性調馭，將來的成就可能直逼方旗。陳沛熱心於推廣漢服，堅信文化復興，衣冠先行。他的詩毋寧是古典律絕的現代變奏，講究對仗押韻，和諧均衡。陳沛的崇古傾向，在創作實踐上可能更甚於詩詞不離口的覃勱聞，與耽於詩經辭賦之美的卓彤恩。覃卓二人不拘泥於古，活用古典並把它放在現代架構上去經營，在古典與現代交融方面表現頗為出色。

陳佳淇與新近加入詩社的吳銘珊，勝在穩健，至少比勱聞穩。佳淇擅用電影的近鏡頭，把人物事件放大來寫。銘珊喜用一兩個意象，或以人擬物，或是以物擬人，微觀的書寫（microcosmic writing）她內在的感受，外在的世界。她們的詩不像黃駱王覃那般繁複，反而更接近優秀的二徐：徐海韻與不為情傷狀態的徐宜。我建議她們在現有的基礎上，追求深度（profoundity）與「繁富」（complexity）。

說到底，詩來到某一個階段，一定不會滿足於小智小慧，英美詩的玄想氣質與理趣，或者是大家可以開闢的路。余光中《蓮的聯想》那種新古典主義，已成絕響。但余的成就逾越了早期的新古典的浪漫情懷，他的詩富理趣，文字機智，一方面是他的文字嫻熟，另一方面也與他早年浸淫在玄學派詩有關。他的英美詩的磨練使他的作品幽默風趣，有別於一般的漢詩。仿效者學到的僅是余光中的外在形式、詞彙的複奏，在詩的意境、詞彙的豐富、格調的變化，各方面的落差不可以道里計。東施效顰仍是東施。

林迎風的詩，以抒情見長，跌宕起伏。他能譜曲填詞，音樂感強烈。謝雙順熟稔詩的各種技法，羅淑美的情詩委婉情深，詩社社員當中能把情詩寫得那麼出色的，只有陳明發、羅淑美與徐宜。吳慶福除了繼續施展其既虛又實、實中有虛的技巧外，還在〈手機〉一詩嘗試佈置「後設語言」（meta language）。陳明發於敘事的同時又能兼顧感性的暈染，虛中有實的寫他的神山傳奇，組詩的整體效果是有聲有色。

徐宜的情詩鋒利如刀，讀著竟有痛楚感，真是匪夷所思，但是她這次選擇的卻是相對溫婉的作品。在把詩檔傳過來之際，我們在在電話有過一次交談，我向她提起當年的李叔同（弘一法師），與夏丏尊、葉紹鈞一起編纂辭典，對「姦淫擄掠」還有其他從「手」旁的粗暴血腥字詞，大師每每觸目驚心，忐忑難安。最後出家後的李叔同不得不卸下編纂辭典的工作。可能這番談話影響了徐宜此趟選詩的態度。

張玉琴用複沓句，語勢層層遞進，令人不禁拍節叫好。張玉琴的奇思妙想，令我不禁莞爾。汪耀楣的詩藝這半年來進步頗快，她擅於行內斷句，用疊字疊句來捕捉文字的律動，可謂慧質蘭心。經過一段日子的鍛練，她終究瞭解詩要寫得出色，一定要在文字下工夫。

楊世康的詩，詞藻近乎華麗，著筆的卻是生活的無情與生命的粗礪。陳明順是一匹不可輕忽的冷門馬，他的詩可柔可剛，可以抒情，可以說理，他與鐘銘皆亟需持續的詩鍛練。廖燕燕的詩最具動感，以強烈的音樂性凸出詩的主題。她喜用雙聲疊韻，擅擬聲法（onomatopoeia）。我在電話裡告訴她李清照的「尋尋覓覓冷冷清清」模式現代有傳人。趙紹球的嘗試是多方面的，他關注的題材可謂多元，能否建立自己的風格，可能就在這節骨眼。

新社員陳全興，是一九八七年創辦《青梳小站》六人小組的領軍人物。矛盾語言是全興的拿手好戲，〈心情一二〉即用矛盾情境，凸出內在的不和諧與人物的遺憾。寫〈印尼〉如演出一齣荒謬劇，結尾震撼。其他的「醫學詩」：醫生把自己寫成是一條長鯨，把戀愛寫成缺一根也不可的背脊骨，匪夷所思的比喻，令人拍案驚奇。

中生代的陳浩源對科幻詩的創作熱忱似乎沒有減退，可他人在大陸這些年，奔走於大江南北，從大陸各地聽到學到的地方語，包括北京話、上海語、江浙的鄉音，再加上網絡用語，詩的語言混揉成了浩源詩的特色。

雷似痴耽於禪思玄想久矣，從八零年代到今天，一路走來，風格凝定似偈，一直到最近，網絡的許多新奇事物，從科學發明到科技創新，不知怎的也投影到雷的近作裡去。瞭解雷似痴的人應該知道，雷外表樸實無華，內心卻熱衷於新知，對外面世界的變化，他一直都十分留意，這點性格傾向使他的禪詩多了鮮活的因素。

前行代的藍啟元的詩，疾病、死亡成了他的作品的leitmotif ，他對生命的豁達開朗，不知怎的讓我想起蘇珊・宋塔（Susan Sontag）。其實啟元謙遜溫和，與Sontag 的鋪張揚厲，兩人的性格可謂南轅北轍，他們的可比擬處在於他倆都積極樂觀，都勇於投入生活。廖雁平的詩，介入的角度怪異，每每一招即敲中生活的熱點或生命的內核。鄭月蕾兩天前指出張玉琴、廖燕燕與廖雁平的詩具有「特殊的張力」，這觀察嚇了我一跳。玉琴擅於文字複沓（前面已經闡述），以反語帶出張力，燕燕的詩其張力反而是來自情緒的、感情的，她的文字可謂動感十足；而廖雁平看似蕪雜的〈螢火蟲〉，張力來自意象難以調協的碰撞。我對月蕾說，廖雁平繼承的與其說是現代派的戴望舒，不如說他承繼的是李金髮的象徵主義。

張樹林收入早年我們在金馬崙聚會的〈傳遞〉（已譜成曲），他年輕時期那種「浪漫的現代」，與近期語言的果決明快，風格各異，樹林對文字的律動與效應，顯然有新的體會。謝川成作品的儒釋背景，令人深思，他的文房四寶有望傳世。風客的詩格調是《眾聲喧嘩》時期的延伸，文字佈局則比過去老練，乾淨俐落，他擅經營短篇，移情入情，借景喻情。

程可欣近期比較喜歡寫七、八行一個詩節（stanza）的詩，我在一周前與卓彤恩於網路上與她談論二、三行一詩節，每行都用5個字左右的詩經體的難處。每行文字的多寡、每首詩的詩節篇幅安排，直接影響了詩的節奏與形式的構成。黃俊智的詩〈繭〉，不分詩節，一氣呵成二十二行，因為他寫的是城市交通，寫的是城市擁塞。恰恰宛霓就在那個時間的節骨眼在網絡留言問我，詩是否最適宜四行成一節？我即把俊智的詩，拍攝給她參考。她一看恍然。噢，詩真的是多變的繆思。

鄭月蕾的後現代展示，不借用外太空為道場，落實於人間世。那种近乎冷漠的淡然，顧左右而言他，人物談話的瑣碎給她的印象與聯想。有關她早熟的後現代表現（一九八三年），我已撰文專論。這兒要提的是她的詩總是靜中帶動，動中帶靜。靜中倏動，可能是幾個走過的路人，幾隻啄食麵包屑的鴿子；打麻將的喧囂，孩童的爭執打架，竟沒有驚動雨後疲憊的承霤，那是動中的靜。鄭月蕾詩作的其他特色，我就不在此多贅。

這部詩選收錄四十二位社員的新舊作品，體制可謂龐大，以新作為主，以舊作為輔，近作反映當下狀態，舊作是歷史的參照系。《眾星喧嘩》收入二十人，《天狼星科幻詩選》也是二十人，一九七四年出版的《大馬詩選》二十七人。在全盛時期印行的《天狼星詩選》收入社員人數多達三十七人，這卷

《天狼星詩選：二零一八盛宴》收錄四十二人，包括四十來歲便英年辭世的戴大偉與周偉祺的作品。

他們的詩是天狼星詩庫的珍品，也是馬華文壇現代詩的寶藏。戴大偉與周偉祺的作品都有奇趣：大偉的詩繁富，擅長敘事，喜歡實驗性的更動詞性，追求表達的準確性。偉祺的詩天真浪漫，既有幻想也有妄想，往往語出驚人。戴的sophistication 與周的樸實，都可以為現代詩創造金句。詩社有五、六人正在從事後現代的試驗（post-modernistic experiment），戴周二人猝而凋零，使我們更加懷念他倆。詩選大膽的收入已故社友的作品，是用實際行動打破「人死燈滅」的宿命。他們人走了，燈還亮著。

《天狼星詩選：二零一八盛宴》的稿約是每人五首到九首詩，總體編幅不超過一百三十五行，所選作品可長可短，並且可以截長補短，俾符合一百三十五行的頂限。我對詩集的出版有一個十分現實、一點兒也不樂觀的看法：詩人一生，由於種種原因，能出版個人結集者少之又少。

過去二十人參與的《眾聲喧嘩》，每人收錄十首一百五十行，這一趟是四十二人的一百三十五行。希望日後的學者，在探討馬華現代詩人——尤其是天狼星詩社——這一塊的時候，能夠見一斑而窺全豹。我的責任是盡可能提供比較大的斑紋，讓研究天狼星詩社個別成員與作品的學者，能夠看得稍為清楚些。

「天狼星詩社社員作品的同質性太高了」，沒有比「想當然爾」的所謂學術判斷更廉價的了。這些人讀過多少個天狼星詩社成員的詩呢？以偏概全，知識系統的武斷及任意性，黨同伐異的排斥與預設，學術的傲慢與偏見，令人又好笑又好氣。有生之年，我們可以論之也可以放著不論；有更重要的事，等著我們去做：把—詩—寫—好。是為序。

2018年1月27日

目次

陳佳淇詩作

陳明發詩作

陳明順詩作

陳全興詩作

陳鐘銘詩作

程可欣詩作

戴大偉（1970-2015）詩作

風客詩作

黃俊智詩作

黃素珠詩作

駱俊廷詩作

藍啟元詩作

雷似癡詩作

李宗舜詩作

廖雁平詩作

廖燕燕詩作

林迎風詩作

露凡詩作

羅淑美詩作

潛默詩作

覃勱閩詩作

汪耀楣詩作

王晉恆詩作

溫任平詩作

吳銘珊詩作

吳慶福詩作

謝川成詩作

謝雙順詩作

徐海韻詩作

徐宜詩作

楊世康詩作

張樹林詩作

張玉琴詩作

趙紹球詩作

鄭月蕾詩作

周曼采詩作

周宛霓詩作

周偉祺（1969-2015）詩作

卓彤恩詩作

白甚藍

詩作

掌聲

真誠很難傳達
不像音樂廳裡的掌聲
昂貴而沉穩
讓人聽不到偽裝
那掌聲拍一下是什麼？
打蚊子啊

殺菌

將影子拿出來曬一曬
避免發霉於腳下
弄臭鞋襪和腳趾頭
還會影響要走的下一步

思念

寫一首可以翻閱的詩
讓你掛在顯眼的地方
陪你度過平常的日子
想我的時候
可以一張接著一張
撕去沒有我的時間

下午四點半的陽光

這裡的風景很美
路上的車輛也很酷炫
餐廳很新鮮
卻沒有家常的油煙

下午四點半的陽光讓人流淚

打在綠色上
樹木便在草地上發亮
打在藍色上
白雲便排列陽光的
步伐，緩慢

打在黑色上
頭髮便在風中凌亂
打在黑色上
影子便保持眼神的
跌落，緩慢

你不知道嗎
下午四點半的陽光為什麼讓人流淚
你不知道嗎
大家都在這個時間回家
我卻排放著
沒有家常味的，一氧化碳

晚上七點下的雨

晚上七點下的雨
像喝著混在冰塊裡的汽水
清爽是
氣泡溫和的刺激
冷意帶有用意地滑落
喉到心臟
沒有攝入酒精
卻有醉意

在晚上七點下的雨中
長途巴士快速駛過
總是那麼危險，那麼仔細
沉甸甸的
不知載的是相聚還是別離

名字

（一）雪

你好黑
黑得我都快聽不見了

莫非夜晚是你
靜得我都快看不見了
人們因為有夢
在黑暗的睡眠裡可以熄燈
而你，那麼黯然
森林的歌都為你靜止
高山的歌都為你靜止
大海的歌都為你靜止
呼喊你
聲音就會墜落，很深

怕你尋不著我
所以為你點燈
融去一襲寒冷的黑衣
你不冷，只是陽光不再熱
夢醒的人們推開睡夢
眼前只有一片白，很深

（二）慧

提起掃帚
拂去滿心的落葉
清淨
是為察覺雪裡的深沉

透明
是為洞悉雪裡的靜默

每日掃落葉
落葉依舊紛飛
你要耐心
不能慌不能急
每日掃落葉
直到滿地白雪
落葉依舊紛飛
結成霜的決心都是悟

字跡

收到你的來信
就是收到一片風景
那裡可以找到你的身影
有時歪歪斜著
有時正正地挺直脊椎
拉起年輕穩重的步調
走過一條街
路過一座城
穿越人群的陌生
可是你不怕

他鄉的雨總是唱著鄉愁
嘩啦嘩啦地打疼了許多撐開的傘
冷起來還會潮濕夜裡的月色
和櫃子裡剛洗好的衣物
你永遠不怕
只顧著笑，像溫柔的黃昏
點亮我房裡的燈火
提醒我翻開手裡的信

看見你炯炯的字跡
我便明白
思念像寄出的一封信
很遠，很遠

雨霧

冰冷是
透過窗，透過街燈
朦朧襲來的你
無影無形
哈一口熱氣逼你現身
團團滾動的輕煙，冰冷
是你

縮起不知所措的四肢
自然地被庇護在傘下
眼前是傘切割成的世界
無數的雨正在掉落
一根一根細線般地掉落
像傘述說的情話
溫柔得只能讓人路過

牽著我的
一定是前世的緣分
那是你，平白地掉落
無故地闖進我的夜
陪我冷，陪我心動的唱歌
一起避開塵世的月
如果我的夜晚被它照亮
寂靜圍繞四周
我怕我心寒
那就再也裝不下你了

如果我的心裡沒有你
夜晚再次降臨
冰冷再次來襲
可是我再也認不出你
一絲一絲銀針般地掉落
像你述說的情話
溫柔得只能讓我路過

陳　沛

詩作

尋

你的倩影
消散在闔門閉開之間
只為了挽回他的惆悵
而你，瞬間卻化作傳奇

那一年，在日記裡
中國
註定有
三位皇帝

古老的輪迴
在江南的水鄉
我終於尋回你
這已是三百年後
原來你已移居

悠悠子衿常牽我心
百年追尋是真情
你衣帶纖纖
穿過廊橋之間
隱沒人群

尋找的夢，該回到長安
還是停留在江南
我一夜未眠
你可知道，何人在找尋。

2015年11月2日，東方航空

望歸

一千年的承諾
灑落在海絲路南岸
南國之南的黑石灣
長夜難眠
守望回訪
只留下殘菊的感傷
鈷藍色的青花瓷
四靈獸的江心鏡
有我日夜的懷想

興慶宮　煙花消散
長沙窯　爐膛冰涼
揚州港　人來人往
問君何時還

一千個秋菊盛開的重陽
獨守槐樹望銀河
化作夜夜憂傷
還曾記得
你說過
大唐的長安
也是你的故鄉

2016年3月18日，勿里洞博物館

再聚江南

溪水靜　楊柳翠
千年古鎮有人隨
聚袍澤　雁南歸
我著衣冠來相會
駕扁舟
轉過青塘那道灣
虹橋上
你的背影依然讓人醉

南邦生　華夏心
移國早已成故鄉
和諧埠　儒商盛
江南水鄉人文萃
一年前的約定
我重回江南
煙雨長廊中
你的背影
依然讓人醉

2016年10月30日，西塘文化週

贊黃帝

聯神農，和東夷
神威浩蕩
華夏有你
威懾八方

垂衣裳，令九德
衣冠楚楚
華夏有你
人文定邦

五千年的傳承
是祖輩生生不息的香火
百年移國夢
南洋成故鄉
披荊斬棘時光荏苒
始祖依然是炎黃

我從移國走來
說的是，祖先們熟悉的華語
我從移國走來
穿的是，祖先們傳承的華服
華夏有禮為風骨
禮儀之邦倫理張
華夏有衣揚四海
章服之美冠殊芳

制音律，建舟車
宣威四海

華夏有你
屹立東方

藝五穀，興農桑
開荒闢蕪
華夏有你
物阜民康

我從移國走來
說的是，祖先們熟悉的華語
我從移國走來
穿的是，祖先們傳承的華服
華夏有禮為風骨
禮儀之邦倫理張
華夏有衣揚四海
章服之美冠殊芳

2017年3月30日，西安丈八溝賓館

胥塘薈

長廊煙雨處
與子同袍
撐傘永寧橋上
衣冠娑娑兮
悠然攜手
求良緣，不計金玉滿堂
定百年，藤樹從來纏綿

古厝西苑內
深衣再現
身披華夏冠袍
乾坤浩浩兮
驟然攞手
開文明，重塑禮儀之邦
啟教化，孔教再領風騷

胥塘古道瘦，相遇
是一種偶然
還是因緣註定

千年古鎮
有你我悄悄的約定
見證百年之合
在鐘靈毓秀的江南
吳根越角
有你我悄悄的承諾

此生相隨
在人文薈萃的江南

2017年10月31日，如家酒店大堂

陳浩源

詩作

偷翻梵谷日記

看到星動，就割下左耳
一邊癒合，一邊握著聽風
葵花隨光，即便反悔
只能悠悠點頭
黃色刷毛，猥褻帆布
狂舔每個細縫
扣下扳機，漸弱的脈搏
凝固，時間和一切蹉

望著地平線

望著地平線，不太平
當，坦克和皇城相遇
路邊，撿了鋼盔
被別人笑——縮頭烏龜

地平線後面是誰？
詩經還是人瑞
無畏的是忍者
撒著飛鏢，後退

格格說，還有誰！！
捏著鼻子說，權威
在養心殿
時鐘一直後退

有人一直問
是誰……

先到火星，哦不還在地球

芒草還是茅草，頭上比毛
揉一揉
明天還是要大考
只能飄飄

頭上有毛
怕從這邊撥那邊
風吹
分不出是哥哥還是爸爸
「只要我長大」

抖發的手
霍金說只剩兩百年
飛走！
太陽系，銀河系
誰大？

凝視，象牙白上小黃花

背叛神諭，雕塑自己的涅槃
揉捏前世和來生
一盞茶和一片桂花糕的時間
以為，也能化蝶重來

冠和釵的纏綿
當你滾著淚眼，撥開我的手時
喊出來，卻聽不見聲音…
黃色的薄紗
撥開後面，還是黃色

銅鏡前，停格在剃度那一刻
鉸剪交叉後，你就是我
我就是你
羽化後，自己還是自己

領牌去繳掛號費

想用快轉六倍的速度活著
然後，在一幀幀定格畫面裡
PS，每個實實在在的後悔
「來不及」和「待會打給你」都在排隊
支付，一直吐出牌子的時間掛號費

沒有叫號，只能目測和消耗
在扭曲的蛇形隊伍裡
和自己照會
詫異的發現，即便是我和我
也都不是個伴兒……

繼續列隊！
用力聽著，始終沉默的音箱
傳出，若有若無的回饋

被立可白的前任

我在舞臺上看到被立可白的前任
聽說，是他剪了山伯和英台的斷袖
想用前朝的國璽在南蠻便宜行事
無奈，遇到和阿里巴巴和好的大盜
繼續這孤獨的相聲，嗯，單口

舞臺上被立可白的前任，藍瘦～香菇！
賭氣，說不玩了
才發現台下，每張臉竟然都一樣～
從反清到抗日，洗不掉的身分圖騰
只能在清明的時候，燒passport給前人

小販安娣，用聯邦口音問了前任：「要喝什莫水？」
前任，張嘴啞然……

放下那碗江湖

放下那碗江湖吧，像吃完的蘇州澆頭麵
捨不得，也只剩蔥花
睫毛上的汗滴，形成全景顯像
走馬燈式的播放，每個凸透鏡
有時差的廝殺

看招，出鞘！
劍士知道，他的結局只能出自觀眾的想要
過早亮相，和各種喧囂
在後臺，吞下了整瓶後悔藥
一拱手～
冷箭，已經出發

放下這碗江湖
滾燙的湯頭，攪和著滲著油的澆頭

用千分之一秒釋放孢子

我用寂寞當養分，就這樣繼續活著
作為單細胞生物，一受驚
我就會釋出焦慮的孢子
害怕撕日曆的聲音，嚓！
一天，一天

你的一天，其實我已輪迴幾次
無需超度，無需祭祀
用僅有的兩秒鐘記憶
回顧，你撂下的狠話
後面還有？呃～我忘了

在睫毛和飛蚊之間，找到喘氣的縫隙
數著眨眼的次數，黑和白之間
我用力在逆光注視PM2.5的粉塵
其中幾顆，是我的
舍利

陳佳淇

詩作

疼

你拿著「愛」這把剪刀
以它之名
說　你握得太緊了
會傷到自己
來　　我幫你剪開
於是
你一刀刀的剪
我　慢慢的哭

愛好

總是喜歡看那湖泊
溢出潺潺流水
不知道　你有何居心
看著溢出來的水　你就會好過嗎？
可是
顯然　你也不會

為什麼
你非要我成為你的絳珠草
我的眼淚
真的不會變成珍珠
你不用煞費苦心的收集
集滿一斤
也不會有禮品兌換

嚮往

那些路人
常說　那蹲在角落裡的女孩
不應該那麼脆弱
可誰也不知道　她
被強灌了多少苦水

也或許　真的
是她心　太小
承受不了
世界　這個高壓鍋

那些　被熬出來的
都成了　極品
很快被下肚

女孩　走過腐屍旁
不忍　捏了捏鼻子

沙包戰爭

如果問我　怎麼形容我的傷心
那就像一個小孩　口袋裡的糖
突然被搶走
失落　無措
除了　淘淘大哭
他能怎樣
還能怎樣？

作為寡力的小孩
他要怎樣與一位成人
展開戰爭
奪回他的　糖果
他只有哭
也就只能哭。

盼

低空的一晚
眼睛又開始新陳代謝
排出多餘的鹽分
我趕緊拿出紙巾盛著
聽說它是珍珠
希望排了那麼多
它依稀　還是珍珠

若不是
也沒關係
把它曬乾
至少還可以
拿來調味

那些・自以為

那些行人
常常　以為走在前面
就是領袖
得意　而不敢回頭
身後已是片塵埃

那些乘客
常常　爭先恐後的
往死裡擠
為了秒數裡的黃金
一斗的米

那些歸人
常說　自己只是過客
不會為誰停留太久
其實　希望停下的
是一顆赤紅的心

淒・殘

這個城市　風很大
卻怎麼也吹不走　你的影子
為了逃離　有你的世界
唯有將棉花糖吐絲
把自己繭起來

靜靜的
欣賞你賦的曼陀羅
美得　血滲透肌膚的每一寸
纏在繭裡
一動也不動
只有流水潺潺
化為朵朵白雲

偈

我以今生今世虔誠的叩問
他以後生後世含淚的渡化

陳明發

詩作

神山傳奇組詩II

（一）馬皇后

想上山去採花拜祭妳
眼睛一直躲避紅色的物體
害怕忽然起火，妳的灰燼
撲臉而來抹去眼前路
換回張惶揮別的硝煙
遍地鮮血的夏夜
空氣是臘月天

握筆揮劍的手還能劈柴砍樹
妳知道我不是盤古
斧頭怎麼舞也闢不清
無日無夜的噩夢
撕裂的只是我的肉我的骨

累倒時我模仿盤古躺下來
期待軀體化成山川大地
這樣我就知道妳在那裡
醒來卻發現樹上一窩蛋
蹦出小鳥來；母雀側頭似乎說

你的夢魘還不如一窩蛋
永遠折磨不出什麼
詩省略了赤焰註定失敗
修不了劇情，也醫不好心境

（二）痛

我不是標新立異，只是見異思遷
榴槤樹的高大，山竹樹的富態
我都曾享有過，現在盯上的
是粗壯樹軀與深綠葉間
那彤彤滿樹紅的紅毛丹
它不爭姿勢不爭體態
可誰想嚐甜請你移步走過來

我也不是見異思遷，而是順勢而遁
所有的志氣已傾倒在
故作雄壯而堅定的長音上
枯燥乏味也是一種解脫
人們心跳就靠這
可預期的節奏
而我早已是這節奏外
狠批出局的尾音

太細微的輕顫沒人聽出來
卻針炙我耳膜通向心肺的經脈
榴槤掉下讓我夜半心悸
松鼠在山竹枝上奔躍也叫我
習慣性的自憐自艾

我只能在痛與痛的隙縫
嘗試感受紅毛丹的哲學情勢
「誰想嚐甜請你移步走過來」

像我在火舌與火舌中間的空罅
避過毒螫殘蝕

我走在沒人走的僻徑
不擔憂鄉人異樣的眼睛
每個人的傷痛不一樣
療方也不一樣
選擇彤彤滿樹紅
一時的清涼

（三）煙火師

煙火這行當，身世說不清
勉強形容，醫師比較貼近我心

歉收的季節，人們遺忘田園
仇恨與縱慾足夠他們遁地升天
萬戶千家的春花燦爛秋寒裡
我治癒每個人的每一種心願
我任意揮揮棒，鄉人都鼓掌
最平庸的魔術師也能大河開道
再醜怪的禿女也秀髮揚起風情似浪
失戀潰散的男女隨街抱個人
從此就幸福美滿地久天長

大家賣田賣女貢獻每一分真情
買下貨郎籮裡的空罐空瓶
我圓熟轉個身收拾好藥物布幕，乘雲遠行

鄉人張大嘴巴和眼睛，不久又雀躍歡呼
不管怎麼樣，大家見過了神明

（四）屠狗輩

右膝蓋盯緊狗的左後腿
左手牢牢抓著牠的右前腳
另一隻手握刀沒半分嘮叨
一　　　　　　　　　　劃
從喉部到陽具深淺恰恰好
一抹血如沸水灑在汗臉手臂
那就行了，當一個
屠狗輩

一部書也不是天生的
故事說了從前也要交代現在
就像屠狗的起手式往往是
發瘋流血狂奔的狗
以及少年的發呆流汗顫抖
老練輕快的出手
已然很久以後

在山巔水上飄逸行走的詩
不比屠狗簡單也不比屠狗難
苦的是狗死後要安息
韻律誕生時人心有所歸依

（五）豬籠草

當蘇祿海盜的殘兵倒在泥灘抽搐
我從高高的樹冠上俯視如一千盞燈籠
只有搖頭，入夜以後若無其事熄光養眸

當天朝上國的兵卒遺骸葬入黃土
我匍匐過腐葉砂石朽木如一萬隻酒壺
一分分，溫柔的滲入他們的肉身白骨

膚色與腔調詮釋不了
大大小小的一場場戰禍
這山頭，主人家永遠是我

當呻吟掙扎在焦岸邊
臉龐貼近我的杯，搖晃中看見
遠方女子的唇，有嘴形沒聲音
我也沒有酒，只有命運
和他們一樣的蟲蟲蟻蟻

更不堪的，窟窿掘在胸膛
像極了我狩獵的陷阱
可誰也不願趨前窺望
為了洞底有一顆哀傷的心

依然殘喘的，挨著樹頭坐
噴落草葉的咳血
從碧綠流向赤褐

在頸項偏下一邊那一刻
終於乾瘠如墨

（六）答案

他轉身的那一會
她捧著他的杯，害怕
那溫度再也喚不回

杯口挽留他的唇印
滲雜茶味與蘭香的吻
漸漸從腮頸消音
她聞到山雨欲來的寂靜

雷光劈下那一會，沒收
他離去的河口

她想把自己釀成一罈酒
年年豐收節也好追究
異土男兒真的嗎不信天長地久

可她弄不清酒禱的方法
神山上的祖祖輩輩或能告訴她
答案，像一圈圈漣漪
眼睛離不開波心，一朵荷花

樹海祕徑的聆聽，陣陣
山韻，離不開低窪和峻嶺

是真的，守候的話語
從來不理雲或雨

陳明順

詩作

高效人士的七個習慣——Proactive

這是千萬年前的決定
啟動原始的飛船
夢想就在前方
積極與主動是前進的動力
終點在哪得看當下的決定

循序漸進
依賴是不著邊際的行為
獨立會帶來孤獨
高效的族群
總互相扶持

這是千萬年前的決定
當下的你當選擇當下的你
積極與主動是前進的動力
當下的抉擇
決定你終點的碩果

高效人士的七個習慣——Sharpen The Saw

輪迴是完美的動力
是月亮環繞地球的依依不捨
是地球自轉的怡然自得
是環繞太陽週轉的團結一致
週而復始

決定終點，在啟動之時
先機決定勝機
知了　　知了
是你知還是我知
悟了　　悟了
是你悟還是我悟
雙贏始是完滿的結局

知了　　知了
悟了　　悟了
輪迴是完美的動力
把你所知融入生活
把你所悟養成習慣

沒有妳的時候

沒有妳的時候　　好像
在巴黎　　找不到埃菲爾
我只好把心
鐵一般冷藏

沒有妳的時候　好像
星戰的天行者　沒有光劍
我只能以
鐵一般意志
去浪漫

我是遨遊宇宙的天行者
沒有妳的時候　我沒有目標

無言

——給父親

笑看蒼生
無言面對天地
你秉持於心的
是　敬神
如神在
無言
不是一種美德

代溝

你的喧囂無法影響我的自大
如果你不想理解我的見解
你不必在意我的行為
如果你不想聽
我無法和你交談
如果你不懂我的語言
我無法和你交流

無限的憤怒顯示你無限的關懷
憤懣的心情　寫滿你臉
多次的溝通失敗　證明你多番嘗試
你的喧囂無法影響我的自大
你的咆哮使我暗喜計畫成功

追夢

病了三天，睡了兩日
醒來，望見
三閭大夫吃著粽子，哭訴
楚國被沉入江底
我不會游泳……

戀

是你每晚遺下的衣香鬢影
是你若即若離的牽引
是那晴朗無雲星空下默默自許的諾言
縱然夜夜獨自牽牛路過
今晚天涯必成咫尺

陳全興

詩作

心情一二

（一）

倘若你不回首，我的錯過
也只能是最冷最硬的冰，狠狠的
凍住這剎那無聲的世界……
倘若你不追悔，我的記憶
恐怕早已雲消煙滅，殘餘的只能
深藏在萬劫不復的深淵……
我是白日裡獨守的空心城
你是深夜時突來的散花雨
是遲了，也許還早
星很美，月亮很圓
太久了，我的心情
你早已知道

（二）

想你的時候，忘了
忘記你的時候，想起
那叫日記的東西已跌入
皮箱的底層，讓火車載走
最初與最後的心情
至於其他，都屬於現在
除了青春與歲月，一切都可以
重頭來過

1988年1月26日

醫生筆記

（一）

成疊成疊的病歷表順手
翻開。沙沙沙沙
翻來覆去，那輕微的呻吟
雜亂之中總似近又遠
近看是真，傾耳是幻
為何文字轉變成聲音之後
匆匆，且無助

（二）

收起聽診器，收不回多事的
聽覺器官，這薄薄的耳膜
似有一層厚厚的污垢，
不斷傳頌悠悠鐘聲，不絕迴響
有一扇多風的心窗被遺忘
太久了，再也關不上
永遠關不上了……

（三）

匆忙而來的心電圖總是
不知如何調整與設計
比如說奇怪的節奏起伏
打針的手勢，以及胸肌
螞蟻隊的花式表演，這些些
或熟練、或陌生、或半生不熟
總是最後的展示呵！

（四）

手術臺上，刀子守秩序的
飛舞一番，溫溫鮮血也努力
迸射一番，在模糊中摸索
摸索裂痕，摸索分開的過去
並開始縫補，細心且緩慢的
命運，那致命的缺口呢
是否也順便縫好了。

1987年5月1日

在醫院

在醫院，我是一隻長鯨
必須專注地看你
必須傾心地聽你
眉目之間，呼吸之中
深藏的祕密，讓我
設想曲折只為了尋求圓滿
設想撲朔只為了尋求明朗
而無奈呢？只在於噴射一種
水柱，不，一種激情
向青天，為了一生的見證

在醫院，我是一隻長鯨
必須長籲短歎
必須淡定悠閒
保持低態，為自己
見證靜默、快樂、以及
所謂的永恆，為瘦削的
自己，我只能冥想
海比河還闊，洋比海還深
巨浪翻滾過來，細水蜿蜒而去
在海上，我是巨大而細小的
在海上，我是哺乳動物
屬於陸地……

在醫院，我是一隻長鯨
獨特而寂寞地肯定時光、歲月
以及這短短的一生，而我喜歡……
1991年11月1日

骨骼學

（一）

只是兩百零八塊
就算配備吧。生命
呈現一種錯綜複雜的
美術與力學，或洞或溝
或關節面，或小突起
生命，恰如其好的完成
立體組合，潛在的創造
意識、理想，以及本質
以及所謂骨氣：天生的！

（二）

去掉肌肉、脂肪、神經與血管
再觸摸，骨頭果然
冰冷了些，堅硬了些
緊握手中，這實實在在的
生命斤兩，會估計得較准
且內涵分明，不像活著時
隔著柔軟與模糊的表層
總有短暫與遊移的感覺
那麼陌生

（三）

如果戀愛是一整排背脊骨
缺一，全身癱瘓
癡癡的單戀與暗戀呢？
也許只是尾指尖小小的
關節骨，戀到情深時

無疾而終，無風自斷
不是很痛，也不在意
只是耳朵癢時，有一點點
措手不及的遺憾

1987年5月3日

印尼

我剛讀著早報
門突然被推開，一個病人
不經通傳，驚慌的要找醫生
臉腫腳浮，那是腎虧
長咳氣喘，那是肺癆
問他合不合法，他不敢說
妻子兒女呢，還在老家
為什麼不回家，他答不出
就只是彎腰垂背，一直喊痛
沒命似的咳咳咳
突然一口痰
落在封面版的蘇哈多總統
永遠微笑的臉上，不斷蔓延
連標題也血紅血紅的分不清
下不下臺

1998年5月3日

老

與影子對照時
最好移動一杯黑色液體，於唇邊
別聲張，也不要遲疑
斷斷續續，總還得長相廝守

久遠的印象浮起時
費心按捺一二，小心
別讓模糊的疤痕接近光亮
那額頭，還是躲進黑暗裡
不話當年，不愁前程
也請影子拒絕
現存的記憶

2009年1月6日

夜

沒有月亮的天空
夜是黑的屋宇
聳高的樓上
沒有夠長的梯子
可通往，無限伸長的手
沒入虛無，除了微亮即逝的流星
你甚至無法確認這個夜
這個空間的存在，以及
無法發亮的自己

2017年12月7日

陳鐘銘

詩作

詩人

寂寞的詩人
在鬧市的菜市場美食中心
點了一杯黑咖啡
外加兩顆半熟雞蛋……

作為二流詩人
聲名未顯　斯人未逝
方塊字　字字皆辛苦
我的蒼白　血色或慘綠
無法見諸報端

作為二等良民
市道不佳　捉襟見肘
五斗米　粒粒皆辛苦
我的折腰與臘黃膚色
不能見容於世人

然而　作為一個詩人
我必須適時的保持我的優雅
一如淑女保持矜持
黑咖啡不能加糖
鷄蛋只許半生熟

2017年3月13日，吉隆坡

冠軍

一個風雨交加的夜晚
一場美麗有理的意外
一次乾柴烈火的外遇
父母此舉　未經我同意
此身何來　我無從考查

記憶中盡是滑濕擁擠
暗流洶湧狂潮澎湃
雖億萬對手　吾往矣
黑暗世界　群豪並進力爭上游
競逐終點天地合一
只許一人登場　須敢與諸君絕

天地初開　我獨撐緊握的雙拳
嚎啕大哭　宣告
冠軍誕生

2017年6月11日，吉隆坡

七夕

（一）鵲鵲私語

（甲）天上一日　人間一年
妳在天庭那頭　看我
我在人間此岸　讀妳
一年一度小別
隔著銀河　千遍不倦
至到你喙脫　直到我羽白

（乙）乾坤清寧　月華銀亮
隔岸觀你　一如初見
我比織女幸福
你比牛郎幸運

2017年8月27日，吉隆玻

（二）現代七夕

沒有五色線
沒有九孔針
沒有香案清香花果
沒有乞巧的姑娘

這個年代　針織女紅
只需AI　　無須巧手

2017年8月28日，吉隆玻

愛情

那年　孤身南行
（驛馬星動註定漂泊）

鳳凰木一枝獨秀
紅磚牆頭搖曳
惹出滿園春意
愛情　始於南方
點點斑斑
羞羞澀澀一路展顏
一逕燃燒成一樹火紅

愛情史　於南方
風風火火沸沸揚揚
鳳凰花線向北蔓延
一路延燒其勢燎原
綠葉褪盡滿城飛紅

情深處　蜚短流長肆虐
所有傷痛不容解釋
因為驕傲拒絕稀釋
傷口自行風乾後
鳳凰花雨落盡
其勢亦盡，此生不再相見
沒有化身春泥的幸運
相士預言成真

愛情　死於南方
2018年1月15日，吉隆玻

中秋夜訪

我們步入波斯尼亞的暮色
佇立內雷特瓦河畔　瞻仰
燈光架起莫斯塔爾古石橋
五百年雨打風吹雷劈
五百年烈日戰火燒烤
留給世界一橋滑亮的卵石道
繫著兩端的十字與新月
一川流水中分兩岸燈火
橋下水聲潺潺　波光如鱗光粼粼
大河宛如巨蟒蜿蜒流入暗夜

我們是初來乍到的旅人
我們是繼承遺產的歸人
今月照古城
古石橋上我們圍坐　舉杯邀月
圓餅蘸咖啡　風的指尖蘸月光
圓起異鄉的月

2017年10月4日，蒙思特古城

程可欣

詩作

過去已經過去

回到舞臺我是一個過氣的
演出者
聚光燈太亮，我有點
暈眩，此刻
血壓一定已飆升

皺紋憤起抗議
再厚的，再貴的粉底
蓋不住青春出走後留下的
魚尾紋與它的苦悶

身材很沮喪
禮服太亮，已經過時
脂肪被擠壓得透不過氣
高音上不去，低音下不來

聚光燈太熱
我的汗，驚恐狂飆
一抹，卻是冷的

讓我回到觀眾席
那個黑暗中舒服的位置
可以打個瞌睡
或神遊，在繆斯的祕密花園
寫一篇
回憶錄

2015年7月4日

2015的這片國土

我的眼淚，在報章頭版
散化成一灘謎團
白內障日益嚴重
有人說，看不清最好
越朦朧，越美麗，越安定

去看賽車吧，去參加長跑吧
封路不是問題
風花雪月不是問題
千萬別認真，千萬別搖旗
或吶喊

悲傷鹽份太高，血壓隨著美元飆
風花雪月還可以
心臟負荷不了超過6%的荒謬
我們自顧不暇
把一切交給老天爺
您可別得白內障

2015年8月10日

I am fine

煙霾在窗外扮成倫敦的憂鬱
夢幻的朦朧，忘了濾掉煙硝味
強說愁吶，有人說嗅到一把火
在我心中燃燒
其實我只是有一點
牢騷，憋在N95口罩裡
不吐不快吶，別大驚小怪

燒掉幾個森林
是常年活動，像大掃除
揚起的塵埃漂洋過海
出國旅行，興奮吶
我們儘量配合，儘管
朦朧得連夢也看不清

I am fine
燃燒的是林火，我沒事
乾渴喉嚨只需要菊花茶
小黃菊浮上，心情沉澱
I will be fine

2015年11月14日

再見，詩人

不介意與你重逢了又分手
人生不長，我還得去市場
採購下週的食材
雞蛋價跌跌漲漲，比更年期的情緒
更波動，用雞蛋的精魂
烘一個蛋糕，用香草口味
祭奠激情的短暫

從書房走入廚房
我把你遺忘在長長的
走廊，映著日光
沒有你，日子依然溫暖
身影無恙，心也無恙
我們到底有沒有，愛過
怎麼完全不受傷

明天還是去市場
探訪雞蛋和烤盤
順便把繆斯
埋葬，人生真的不夠長
夢更苦短，詩人
我就此向你告別
讓時光，回歸平常

2015年10月6日

你不用知道我是誰

喧嘩之中找一個
最安靜的角落
把名字折疊塞入口袋
不用告訴任何人
過去與現在
存在的種種因由

派對露臉任務
努力執行
碰杯太用力
紅酒躍出漩渦
飛濺成一個個
客氣笑容，有點僵硬
嗯，是肉毒桿菌之過？

轉身尋找餐巾
回頭已是另一時空
沒人認得的陌生臉孔
名字不詳，身分不詳
握著酒杯呆站聆聽
樂隊奏出的歡騰
彷如馬戲團小丑出場
那麼誇張

主人隨酒精興奮
高談闊論忘了誰是誰
任務完成！
派對帳篷沒有圍欄

沒有牽絆
轉身就可離開
不需道別

2017年6月21日

想起浪漫

回到散步的最初路徑
有點蜿蜒，不太平坦
但時光與陽光
配合得天衣無縫
風中撒落的樹影
互相依偎
訴說著一整個校園的
兩情相悅

隨著腳步跌宕
禮堂的音樂鐘聲
像片尾曲
娓娓把愛重溫一遍
幸福溢滿心房
飽和的感覺，依然
真實得
如夢如幻

2017年6月26日

窺探者

我嗅到滿園薔薇
散發出的春天氣息
就在那圍牆內
濃鬱如打翻一瓶香水
那是雅思蘭黛在頸上
隨脈搏跳動的
歡愉

是誰在耳後呢喃
輕聲細語：My pleasures

誰的歡愉遺留在花園
讓春天也停下腳步
忍不住窺探
薔薇盛放以外，那莫名的
喜悅

2017年6月28日

戴大偉

（1970-2015）

詩作

他在上班的路上一寸一寸的消失

上班的路上，他的腳跟消失一寸
不熟悉煮蛙效應
讓車龍吸收了等待功能
畢竟地鐵和家園的距離是個蠻複雜的課題
市議員和未來發展計畫
還有國家接下來十年人文藍圖
他確定，但又不大確定
多吸一口二氧化碳
這個城市真的會保存幸福的透明度
下地鐵站時，心胸消失一寸
車速快過瘸腿的理想
凝望著平板電視的商業廣告
發現自己屬於淡季
常常擔心比低頭的後後現代主義慢一站
走進會議室時肩膀消失一寸
腦袋重複如何適時對董事們顯弄他的胸肌
對著窗鏡的反射他得意的笑
忘了一星期四天在健身房
本我一寸一寸在殆盡
下班的人潮中，他的笑容消失一寸
肚子裡烹飪的大計
攪動著一鍋冷冰冰的頭顱
他想起祕書鬆開一顆鈕扣對他淫笑的樣子
突然被這場遊戲提醒，星期六得去拉拉臉皮
回到家時真理消失了一寸
不想揪出電視後隱形的政客
拉開花灑讓整個江湖溶入溝渠
他捏著乳頭撫弄著慢慢硬挺的尊嚴

半累垮半亢奮中
一寸一寸找回消失的自己

2015年6月22日

一首詩的生命

貓入睡以後
詩就溜了出來
一隻喝了太多咖啡的阿飄
尋找遺失的腳印
巧遇回家的高跟鞋
坐在毛茸茸的夢上
雙眼發黑，久久走不出涼意

終歸要在被發現的案發地點
預先走失
夜色的出口沒有光。陰
只有遠。近
拔下一撮白天的眺望，偷偷拌入那碗濃湯中
熬了大半生的甜蜜，最後稀了
詩舔了舔淡然無味的罐頭魚
夜，在鬚根上繼續失眠

2014年12月29日

你走後的下午

路過巷口商店購了把傘
天黑暗的午後
驟雨在我的胸膛
你已不在了
買來徒然
只想撐一個週末下午
撐起勇敢，像荷葉般
想為它找些雨滴
為影子找回自己……

2014年5月10日

浪花

終於明白海
不是一天就藍起來
嘗試開花，像時間為路
珍惜
珍惜使萬物凋零
使眾生忘記
花香，是浪和暗礁的定情
終於明白，此生
一直在為前世，咳嗽
前世，我不是蝴蝶
學不會輕

2014年10月19日

母親的特技

她已學會一種絕技
散發每一縷花香
卻隱藏花謝的聲音
等到夜也累了，關上所有眼睛
她才把紅腫的眼珠
挖出來

2014年10月30日

蝴蝶

那是我們小時候的一個遊戲。
你一直跑一直跑在前頭，把手上的野花拋向天空。
我一直追一直追，在後頭，一直拾取那撮繽紛，像夭折的蝴蝶。
我們一直跑一直跑，跑到嬤嬤的腳邊。「嬤嬤！嬤嬤！看我們為你帶來的顏色！」
嬤嬤沒有抬頭，怕一張望野花就真的長了翅膀變成蝴蝶。
今天早餐後你說要去找嬤嬤的繡花鞋。
我一直跑一直跑在前頭，把手上的冥紙拋向天空。
我們都沒抬頭，怕一張望冥紙就真的長了翅膀變成蝴蝶。

2014年11月15日

寫給，2015

我要開始我的冒險了
在電影的出口
一場夢夢醒在沒有烏雲的驛站
那麼畏高的海拔
路過的麻雀都紛紛沉默
像為一場莊嚴的革命默禱
（在電郵另一端的你們都不會明白為何）

你們已經衰老，像沒有根的郵票
曾是美人魚的我的往事，在這以前
得把鰭和鱗歸還大海
大海相信命運
而我相信輪迴的基因論
比如你的上唇，和我的暗語
交錯，在另一顆離開太陽系一個冬季的星球上
繼續分解，分裂著信仰的絕緣體
並繼續，另一場垂死
編寫一首永不超生的詩

我要開始我的冒險了
在電影的出口
一場夢夢醒在沒有烏雲的驛站
你們，將會是我回頭時
寸步不移的森林

2014年12月10日

藥丸

熄燈以後
戀俗的欲念就亮起來
月下，往事和詩比較膽怯
只有偷喝些酒，才能趕上心痛
這也不壞
方便捕捉塵埃
天一亮可以為夢敷傷

他和自己道晚安
把餘生交給上帝
把明天交給
剛吞下的三顆藥丸

2014年10月16日

那一天，你來看我和我們：第三樂章

你走來，從鵲橋那端
來看這幢樓房
還我一場苦電影的守望
和一把空心傘

是你帶來了雨，還是
雨傘帶來了你？
思念的河，自天上
把你澆成一朵荷
微微開在我門前
你撐著一把濕漉的從前
牽著詩人的藕斷絲連
忘了後跟的爛泥，拖著一地喊痛的記憶

一顆糖的flat white
客氣得像今年流行的咖啡酸，滿嘴的問暖喧寒
問起我的病情
藥錠片輕過遺失的重心
你嚼著滿口夢的聖經
我是盲僧苦行
想必是你的高跟鞋
我踮高了腳也看不到你眼中的地平線
窗外有煙霾
某些未來清澈不起來

雨未停你就要離開
我滿嘴的叮嚀　你歉意滿腮
我們註定是對方的行李

（島與島之間的對望
一滴小淚光
分隔成我們的太平洋）
「帶著吧，還有雨！」
暗想自己永遠是傘下另一個身影……

雨停了，飛機飛過我屋頂
喝下你餘下的flat white
明天起我會刻意老得雲淡風輕

2014年8月3日

風　客

詩作

我們看見自己嗎？

雨後，低窪處積了一灘水
倒映天色及一切路過的
竟然明淨亮麗，一塵不染

我們在城市遊離
回到家中照鏡子
看不見自己在那裡

天黑時點亮一盞燈
眼睛沒那麼疲倦
塔裡的燈不亮
守著海也是徒然

2015年6月21日

夢中聽雨

一覺醒來
耳際猶傳來淅淅瀝瀝
隱隱，自那遙不可及的夢土
彳彳亍亍漫漶而至
如瘸腿的唐吉軻德
攜帶潮濕的記憶
來到秋已不夏的法南

雙鬢染霜來自焦慮過盛
太陽穴跳痛源自宿醉

我旋即下床以冷水敷臉
甩一甩頭，大踏步
走——出——去……

2016年1月10日

法國秋思十六行

——致吾妻

三點十五分
我把自己沉入夜的臂彎
靜靜的臥成一條河
聆聽自己的心跳

室外的風一直在徘徊
找不到回家的路
蒲公英敞開性子
四處流浪

這裡沒有唐人街
我買不到湯圓
我把思念化成水滴流入塞納河
讓它通過祕道匯入吾妻居住的長江邊上

意識長了翅膀
緩緩升起
向著神州的方向
飄飛……

2016年1月10日

豹

敵不動，我不動
敵欲動，我（註）

在奔跑中歇息
時間，我等不及
我是UFO的化身
見首，不見尾的神龍

把大地踩在爪下
活得好，墓誌銘亦多餘
我是追風的族類
我是禪
在迅雷不及
掩耳中，完成自己。

2015年6月21日
註：毛澤東用語。詠春師父亦常引用此話告誡弟子。

漠視

下午走過青草地
踩死一些剛冒出頭的雛菊
遠方有個叫敘利亞的
蓄意毒死不少自己的百姓
更有一些來不及長大的稚童

今年法南的天氣有點囂張
今天的天氣有點莫名燠熱

我竟感覺越來越冷
我急需睡個好覺
明天再踩踏另一片青草地

（死的不是我們的孩子
踩的是別人的青草地）

2017年4月12日，法國西南馬爾芒德（Marmande）

在法國西南部的咖啡廳

淅瀝微雨下在我鎮馬爾芒德
早上，鄰座一法蘭西少艾的
狗，躺在暖烘的地上

我啜飲走糖咖啡
趁熱，雖然我大意丟失了
十年居留的法國身分證

在路過的，前去上班的
路上，瞥見民宅窗臺一株不知名的花滿臉笑靨
公車及時來到，真好。

清明的斷念

山露的太久
需要雲遮一下
水也露的太久
需要山擋一把

今天的眼睛張得太久
需要長長的闔一下
清明節的煙火太猛了
生者和離者的情緒高漲
最好能下一場紛紛的雨
否則祭拜的人
行到半路便斷腸了

我被千山萬水阻隔
只能在遙遠的法國西南部一隅焚上心香一束：
「爸爸媽媽，您那邊可好？」
2017清明節法國西南Marmande

小記：每年的清明節，從未寫過一首悼念父母的詩，
今年（2017）的丁酉年是第一次。

春懶

其實布穀聲在窗外叫了
許久，我仍然賴在床上
昨夜的夢還徘徊在長江邊上，不捨離去

春天是早到了
可我還留在冬暖

我的愛在那邊
我的魂便在那邊
任塞納河日夜
叫喚，亦徒然

經過了多年的風沙
我的目光愈發明確

2017年3月19日，法國西南馬爾芒德

妳轉身擲下無名指的戒子

妳走出了陽光道
我仍舊走我的獨木橋
妳找到你要的風景
我遠赴神州淌游長江

從此妳我天地互不相干

今晨讀余秀華《我們愛過又忘記》
夾在書心的一株桃花無端枯萎了——
在一個初雪的早春

2017年3月2日，法國西南馬爾芒德

黃俊智

詩作

歸思

用我雙眼充當一部掃描器
翻閱成堆像廣州冬夜
同樣冰冷的論文
百無聊賴的心情
宿舍後小樹林傳來蟬鳴
竟透過密閉的落地窗
能聽見檳威大橋下的海濤聲
漲落有致，連綿不止
須安靜聆聽，才曉得
寒蟬這是在宣讀家信

2017年11月27日，廣州

逐月

一攤水中躺著一汪明月
世間尤物無法比擬
狼也般撲去，濺得一身濕
抓不到，卻躲到樹叢後方

拔腿疾奔，衝刺追逐
但愈使勁，相離愈遠
往隱沒在山外山的彼方怒吼
但聞回聲，不見回應

有人為了月亮，盡一生歌詠之
還獨上鉤船於寒夜
躍入水裡
從唐代沉潛追求至今
杳無音信

跨十多世紀執著的浪漫
尚且枉然
何況一時衝動的邂逅

2017年12月7日

讀「養生主」

道是一隻無需被束縛的導盲犬
衷心帶領每位易逝的生命體
乘坐由繁星幻化的大鯤
聲納一則流傳已久
以屠夫為主角
如何一招抽刀順水式
載歌載舞，解構牛體
出市井而非凡的自信
就算國君也要動容的故事

2017年12月21日

胡師亂想

師者
他手執一把白刃
在綠壁上刻寫一片漫天絮風
刺鼻，扎眼卻不冷
染得一身貌似雪人

任憑孺子譏笑
形態這般滑稽
霜花沾身，不過彈指之間
即能了事
只為找出一雙求知的眼，就夠
在這偽寒冬中送她一抹春日

2017年12月24日

將相的背後

一葉落黃，剎那塵土
管教負我者身首異處
追求高處上寒冷的孤獨
沾血的腳印每一步
身後堆積成嶽的荒骨

凱旋門下，萬民歡呼
一列文武擁護
驕傲解下披風，風隨飄蕩如絮
母親的淚流成渠
良人的花圃全枯
嬰孩失神的雙目
狂風暴雨洗不去
戰後充滿罪孽的賞賜與財富
也挽救不回思歸的征夫

2017年12月24日

火蠑螈

由衷讚頌崇敬卻可憐
沙拉曼達，承接耶穌和貞德
以自焚消弭世間罪孽的任務
非一般疼，吶喊不曾止歇
宿命太凶，推卸不了
泠泠泠淚
額頭上的青筋翻湧更急
唯有忍耐，咬牙切齒一切抱怨
胃裡不停地消化
人性中無窮盡虧欠神之榮譽
原本與生俱來的惡

2017年12月24日

中午洗浴

太陽最近放肆
散發所有的電磁輻射
射向自然界一切無情的心裡
令它們墮入情海，搿成有情

水庫裡的水興許是被太陽電暈
還帶著被太陽強吻的餘熱
急需有人旋轉扭頭
開個通道，宣洩內心的激動

卻是熱疼了腳下的地磚
憑藉排水管地發出
痛徹心扉的吶喊

2018年1月5日

青春畢業冊

煞是耐人尋味
值得我玩味的你
一朵薔薇，一襲青衫
一個微風輕雨，靜謐的場景
歲月的爪再抓得凶，得緊
你還是你
永恆的，在那裡

偶然的今天，我探望了你
無名指輕輕地
滑過你的秀髮，臉蛋，胸脯，小腹
驚覺，摸的軌跡竟是你
2008 年流下的淚痕

不由得悵惘起來
輕輕的，把你合上
把你放在書架
「往事」類別的那一欄裡

2018年1月11日

球賽·DOS

用1和0基本的電腦程式設計語言
擬構一寸疆場
楚河漢界，分庭抗禮
立杆，上端有籃筐

Catapult是每個機件的任務代碼
右手托起籃球，左手只是輔助
心如止水的譬喻
身和心達到高度的統一性
專注的眼神
與拋物線同時交集，進行投籃
轉身，Enter確定投射成功
X＋2分

吹哨是Refresh的指令
這項Programming還要繼續

2018年1月11日
註：語出自漫畫《灌籃高手》櫻木花道的經典臺詞。

黃素珠

詩作

尋妳

尋妳
上窮碧落
在一千一百零一度空間
我找到了妳
是我的深情
銀河系的星星
一顆一顆讓路

不須鵲橋
我找到了妳
妳的眸子是碧澄的湖水
我的靈在裡面沉埋
億萬顆星星發出會心微笑
他們知道
那可是我夢裡尋覓的
千百度

2017年5月15日

假裝

有時
假裝很純
假裝什麼都不知道
假裝什麼都不在乎
假裝什麼都忘記
I am pretending to pretend

有時
假裝很精
假裝什麼都知道
假裝什麼都在乎
假裝記得祖宗十八代
I am pretending to pretend

2017年6月30日
註：讀《德希達》：「Pretended to pretend」，有感而寫

被遺忘了的藍圖

一張被遺忘了的藍圖
從記憶裡驚醒
大步走出每天發生著的故事
走出不斷阻撓著她的陷阱
可能嗎？
她問自己

靜夜裡嗅到遠處風的呼號
把宿命一層一層剝落
喝慣了普洱不妨一試五糧液
仰望導航星座
她對自己說
我可以

2017年10月9日

法庭一瞥

走出高等法庭
午後，不見豔陽
卻感刺眼暈眩
把厭惡沮喪失望
一股腦兒
狠狠踩在高跟鞋下
格、格、格、格、
斜眼望
鵝麥河
滿是污穢泥黃
仰頭
不見藍天
回望
一片陰暗

2017年11月11日重修

餌

天空放晴
時機大好
多人往海邊
垂釣……
魚餌
晃啊晃地
大魚小魚游過來
擁擁擠擠
有一窩蜂來
搖尾巴
想得大一點的
有被擠得焦頭爛額
就拾一點零星
阿Q阿Q
有擠不進的
拂鰭而去
那餌是酸的……
有一條小魚
悠然遊走
想找一處
比較清新有氧的
海域

2017年12月27日

蒙娜麗莎

蒙娜麗莎
若干年後
我仍會在夢裡垂釣
那一朵
防彈玻璃鏡後
沉靜溫婉的微笑

或許有一天
我會再飛千萬里
排兩小時隊
來看妳
放心，蒙娜
我不會帶顯微鏡，放大鏡
情感識別軟體，手槍……
我只帶一顆心
來感受妳的體溫
來感受妳的
委曲

2018年1月3日

端午：快裹粽

有人跳樓，從廿樓躍下
有人喊
快投下粽子
十九層樓的人都從窗口探出頭來
一起喊
快裹粽！快裹粽！
他們都知道結局

2017年6月

七夕組詩

（一）量子糾纏

不管，墨子號已升空
量子糾纏一秒
傳送情思1200公里
牛郎織女仍以自己的速度
夜夜數算
三百六十五日的最後一天
七夕的鵲橋會

（二）GPS vs. 鵲橋

七夕　不見鵲橋
別急別急
我乘上太空梭
帶著GPS飛越
100,000,000,000顆星星（註）
請稍等不要哭泣
我很快就會找到妳！
註：據說這是銀河系星星的總數

（三）鵲橋會

記憶回到當年中一的小女生
和一群同學在舞臺上
搭起一座彎橋
橋上喜極相擁的
是高三的哥哥姐姐
幸福的感覺不褪色
特別是在七夕的夜晚
2017年8月26日

重陽：九月九登高

九月九
我在九霄雲外
飛，以990公里的時速
在39,999公尺高空上
我卷臥在經濟艙的座位
窗外零下59℃
飛，那浮動的感覺
竟像醉臥阿拉烏汀的飛氈
微妙而幸福

2017年10月
（重陽那天，我從倫敦返馬。全詩9行，9個9字。數位是機上提供）

駱俊廷

詩作

窺探

夜裡，你的身影
宛如一張窗簾
拉上，讓我瞧不見室內
思念的露水滑落，在柔軟的布料上
浸透簾布
柔光隱隱在後，恰如我的心
在粼粼的水草叢間
躲避魚群的攻擊

點擊

寒雨中，她孤身兀立
在蘑菇般的傘下
許久不動，彷彿待機的熒幕
漠然，凝視連綿通過的雨

不遠處，一個懵懵然的身影
像遊標，在雨景中
現身
一瞬間，彷彿觸到了什麼
撐傘的女孩
亮了

失眠

終於等到人流皆
散去以後
自動門，再度緩緩閉上
彷彿久別重逢的戀人
歡喜，闊步地迎接
對方的懷抱

在彼此距離兩三步之遙
在那相擁的前刻，
卻讓幾個外人
不識好歹地
從中間穿過

心情種種

親愛的，不好意思
關於心情方面
種種，
希望你能諒解
我比較偏愛
隨機播放，卻
時常離不開
最愛的單曲循環

至於，其他
如接踵而來的感傷，甚至絕望
我無法抵抗。照慣例
我只負責聆聽
如此　如此而已

時間

經常，我撞見
時間它鯨般厚碩的背脊
皮膚似乎平滑且細膩，幾絲
柔潤細髮從頂上輕墜
宛如細雨親吻我的手臂

我縮身在這巨大的陰影下
躲避強光
並一再，舉起我佩戴腕錶的手
想要觸碰、撫摸這頭巨獸
但我始終沒鼓起勇氣
萬一，我的輕碰
讓驚覺的它
猛然回身

輪迴

如是我飲
佛說，六道眾生輪迴不斷
苦海無邊
就像一杯剛泡好的咖啡
即溶，香氣騰空
頑固的渣滓墮落杯底
永世不得翻身

其餘的
只是逐漸轉涼的苦水
隨著漩渦擺盪浮沉
濺出水花
常常期盼
各種超脫的攪拌

久之

久而久之
你扭開
熱水器的姿勢
竟是一天
開始

左一點好
還是，右一點好
極冷還是極熱
適中還是偏右
花灑還是噴霧

清晨
本能的畏水
濕身以後卻一再沉溺
宛如生活
只是習慣的問題

今晨水溫是涼快的
明天，許是微熱吧
後天呢

蓮蓬頭灌頂而下
就像一場紛擾的春夢
穿透肉身，直抵靈魂深處
你赤裸裸地站在
水蒸氣遍佈的浴室內

情欲四濺
觸動每寸肌膚

在朦朧的鏡子中
有一個你伸出手
撫摸你的臉頰

老朽的身軀

我的身體，是一部攝影機
生來就活在電影之外
在不同場景的切換和配對中
人群往來，對話
有對著鏡頭
也有背對鏡頭
有沖沖行過的，
也有緩慢而無聲降臨的

我從各種角度觀看
由上而下，由左而右
背對而面對著
卻不做聲
我像上帝那樣觀看
可我始終是在場的。

我的身體，是殘缺了的攝影機
任由輪子般翻滾的時間碾過
愈發灰白
彷彿一點一點灼燒的舊照
剩下，逐漸蒼老的街景
終於隱沒的人，
枯葉般搖墜，
而終將隕落的燈

我是我記憶的載體
卻成了一座
離席散場後的電影院

剩下大篇幅，冗長
一波接一波
無止盡推送
進入虛無的記憶

俳句十首

命運就像不斷拭擦的眼鏡　度數一樣　前景一樣
但我總覺得愈來愈清晰
一度　我在搖櫓的鼻鼾聲中　徐緩地駛入深夜
老狗趴在門檻靜候　整個下午遲遲跨不過來的死亡
瞻之在前的　忽焉在後的　全是我的影子
我的靈魂　像裝置在長頸瓶裡的小帆船
她說　傷痕是灌滿保溫瓶的冰水
愚人節　許是愚人全聰明起來的一天
我之所尋　是日底的陰隅　夜裡的殘光　稍一傾斜
就坍塌的幻夢
昏暗的林道上　雨過後瀰漫著迷途的霧　我已穿過
永恆　永恆是什麼喲　只聽聞樓頂傳來椅子的拖
拉聲

藍啟元

詩作

善終

讓緊追焦灼心跳的腳步放慢
歇一歇
為日漸逼近的嚴冬思量
揮動遲緩的手勢
祈求　沒有橫禍
祈盼　可以安枕長眠
停下來思考
當年華老去
生死懸於一線
堅決拒絕復甦　拒絕
白色恐怖的二度傷害
擁抱身心安寧　無痛療護
尊重僅有的話語權
掂量
自己的身後事
親人的告別式
遺囑遺言　一如所願

2016年4月29日

終於可以說再見

他說總有一天會經歷死亡
爬上牆角
以免傾斜跌倒
為尋找藏匿的哀嚎
滿屋憂傷
歲月掛在樹梢
聒噪爭論葉落歸根是否同調
一年那麼長
合唱嘎然而止　偌大的舞臺
四躥驚惶
與上帝眾神激辯的聲音遠逝
生死大師庫布勒羅絲整裝在書架上觀望
原來所有的詩篇都是告別的手勢
剪刀　石頭　布
於是　我可以說再見

2016年12月13日

重症病房

擁抱登門尋找依靠的人
牀與牀緊靠
袒開胸膛
忘了沉重的負載
蜷伏　橫躺　直臥
日以繼夜聆聽挫骨的細訴
見證鉛華落盡
織熱的眼神掩不住唏噓
廊裡廊外的身影
都是過客

2017年3月31日

端午吟

（一）扎根

千年以後千里之外
江江河河掀起南來的香氣
濺起　浪花
粽子成了種子
咚咚咚咚咚聲中高喊
我　要　紮　根

（二）牽掛

鼓聲若有若無
跫音尋尋覓覓
花香漸去漸遠
粽子裹了一身牽掛
江河沒浪繫在心頭

（三）鏡頭

江面飛霜滿天
哀怨的二胡奏著二泉映月
驚見行者臉容悲憤
瞬間拉　遠　距　　　離
投身入水投身入水投身入水
鏡頭不斷的重複……

2017年5月29日

七夕情

（一）初心

星子疏散　鵲兒無喜
弦月吞吐寒芒
看不清　或只是不巧
仰首望穿天穹
時間凝結了
在靜止的夜裡搭建
秋水初心

（二）騷動

這一天，鵲橋萬里引起騷動
擦身走過去　英姿煥發
轉身晃過來　衣香鬢影
男的心房都有一個織女　盼為他
編織人生冷暖
女的胸懷都有一個牛郎　願為她
耕犁甜酸苦辣

2017年8月28日

眼睛

您在殿上垂目俯視
溫柔時脈脈含情
似水　張臂環山擁抱
溫潤如兩唇相印
哀怨時憂傷掛臉
若冰　雪花漫天飛舞
寒凍如冷霜撲臉
嗔怒時電殛雷擊
若火　萬物灰飛煙滅
灼熱如烈焰燎原
一時波平如鏡
讀不出水底的深邃
一時風起翻騰
望不盡邊界的雲湧
您在殿上憐憫俯視
無愛無嗔無怨無苦

2017年10月19日

一棵胡楊

都說千年不死
年復一年　由綠轉黃
然後金黃　轉紅
再轉為最後一片枯褐
掉　落
扭曲的身影形態各異
每一節枝椏竭力伸展
絕地求存　根要深入
探索生命韌度　繼續深入
迎另一個千年不朽　再深入
我不是胡揚
沒有千年　沒有不朽
我是飄落在南方的蒲公英
相隔萬里
只為傳說赴約

2017年10月21日

自我療癒

哀傷說這是自我療癒
哭　主唱意外遽逝血淚染紅了舞臺
哭　巨星墜樓震撼持續風未忘繼續吹
哭　禿鷹靜候豐宴看穿蘇丹饑童瀕死邊緣空洞的眼
哭　司機撞後逃拾荒夫婦相擁路邊陳屍小鎮不再安順
哭　小難民庫爾迪倒臥海灘人道擱淺
哭……
生命巨輪一路滾動淚也成河
淚腺乾涸心　中　淌　血……

2017年12月26日

歲月如歌

一千零一夜的星空下
葉尖有淺淺的笑語
有高山流水
潺潺顫動
我在樹下默默等待
知音的青睞
歲月如歌
季節的更替灑滿音符
一闋闋陽關揮別故人
悲歡從指隙流逝
褪去繽紛外衣
卸下斑斕色彩
無礙

2018年1月12日

雷似癡

詩作

精靈

遊竄文字與數位圖騰如何
解剖立體顛覆典範
鏡映移殖多層次幻境實虛
靜音後喧囂動態
呼朋喚友專注上求下索
窮研速騰閃躲擒捕
天地之大，自設羅網
螢幕詭異冷笑

2016年9月11日

沉潛

內斂遺忘
是失鞘的劍

觀心獨處自閉如一
天地洪荒，漠漠然
不值議。但深邃。
狂我一生，笑我一聲。
傾慕一世，會心一視。
水是最親密的包容不合時宜的離騷

2017年5月11日

時間

（一）

光隙拐折
雲與河對峙
雨與魚曖昧姿勢
有鳥飛過
一根羽毛擊落松針
滿山迴音
千軍萬馬，咆哮

水自流，魚自游

（二）

寒，劈開靜
弔詭容顏
如幻意念
凝固知覺淹沒雪
隱形氣息
壺水喘，茶香溜出
挪移，琥珀成形
為何是吾非爾
亮。暗。並驅
視覺如常
世界吉祥

（三）

喧騰右側，匿，離奇空站在左側瞻望

一列高鐵竄過，寥寥數人
還未到位，即已過站
氣流逆轉，亂了日月
旋出野狐禪，咖啡香

有人涉江
有人登高
有人飛渡
有人浮潛
我在對岸左側依然瞻望

2017年12月6日，九丘書館

悟

雨，驟然驚倍
一世降落未曾昇華
……，，，，
如豆舒展身軀成苗
苗抽離地心吸力仰望成樹
樹梢殘留著一滴最後遺憾

2017年12月7日

相遇

車疾馳
雨水驟降
拐角與水花相擁
來不及目送
遠程煙花尚未盛放的
寂寞

2018年1月1日

沉澱

蹲著為了看更遠
在井底抬眼
雲飄過成萬花筒
透過陽光方覺塵埃蝶舞
龐大黑影掠過
人工智慧無法偵查
蟄伏潛意識深層無意識
互涉互證哲理與怪誕同源

2018年1月8日

匿藏霧中的傳奇

氣溫驟降催桔紅
風乾了，夜眠
輾轉反側，一床月色
滋潤了，牽絆
昔日栽下相思樹
滿池蓮荷滴露珠
侯鳥棲息岸邊
思忖探索
大數碼時代大數據背後
循序固有航道
火山井噴溶漿
同步覆蓋天羅地網
掠奪吞噬
無國度之境隱性操縱
資源分享，互惠
循環，輪迴，溯源
混沌。亂碼。乾坤唯我

2018年1月9日

李宗舜

詩作

傷心廚房

我在傷心廚房烹煮醬油雞
提早向耐用的爐火告別
忽然屋外下起大雨
雷電交加，關掉網路
中斷了向頻臨崩潰的兄長傾訴
日子向陰暗走來
漆黑向燈火撲過去

我在傷心廚房烹煮油麻菜
青春年華爆煎蔥油
一碟黃金蛋炒飯上桌
香氣落在黃昏，人影不斷穿梭
渡過一年裡最寒冷的天氣

我在傷心廚房等待雨停
等待爐火熄滅又重新熱鍋
等待另一次未知的相遇
相信可以擁抱的話題
廚房和桌席間笑談用餐
咫尺的距離，結束這場雨

2014年10月17日，莎阿南

鏡前

（一）流亡

時光盜走青澀年華
在鏡影前晃動，消失
一首養顏的歌重播，背景音樂聲光
來到窗前暫駐
追討再生的靈丹
一片落葉，啊落在窗前

（二）叩訪

有一陣風
撩撥大霧
有一潭水
激起浪花
有一首詩
等夢中情人叩訪

（三）心事

有一片落葉
帶著滿城心事
匆匆回家

（四）初心

大海撈針
遍尋一顆珍珠
迷失了遠行航線
那顆閃亮的初心

（五）時間

一本書的厚度
寫進我的時間裡

此刻夢遊太虛
竟是一甲子燈火

（六）抽屜

寫在信紙上角的
甜言蜜語
最後沒有蹤跡

（七）六月

攝影機在網站製造一則
移花接木的謠傳
六月變成一張走光照片

2015年10月8日重修

逃亡

鞋子帶走一地落葉
落葉混沌不明物體
塵沙掩蓋一臉風霜
風霜寫下歷史新頁

日子計算昨日的屋簷
車子避過阻塞的毛孔
路邊橫陳一棟驚悚的廣告
誰知道今天是今年最後的
第幾個禮拜天

一張飄揚的旗桿
走過人群廣場
踩踏被敵營支解的偶像
而風正在逃亡

風在逃亡
忘記回家

2016年1月22日，梅多公寓

聞豬色變

我是豬
請不要用充滿蛔蟲
異教徒眼光卑視我
當你們缺乏愛和鈣
克難的苦力
我就用撐起幾百斤重的頭和身體
前蹄和後腿
那幾塊大骨，腳彎
熬成肉骨茶香，古早的
換取青春的素顏
啊活力，啊那棟大樓的漆
室內裝潢的公寓，美輪美奐到極點
的視覺享受。找來最好的粉刷
拚命拔我的毛
製成漆刷，走路的鞋
幾十年來五金店掛在牆壁的毛
是我的刷，鞋店正經營
我的皮
最後你們聞豬氣色凝重
聞豬變臉
到底是狼來了
還是老虎問路，擋在前面
還是雞年的毛

2017年2月9日，八打靈

繼續迷航

一滴露珠悄悄滴落到身旁
一道晨光斜視著樓房
一聲嬰啼哭著走到母乳的胸膛
一陣車龍堵塞在高速公路休息站
一張唱片在室內播放，親吻老歌的針頭
一眼望去那是沙丘，平地樓房的影子
更遠處是高山，看不見的海
那海平線站立一身銅像
迷航的燈塔找到方舟，方舟上的時光
繼續迷航

一長串尼龍繩捉住風箏
飄泊很久的記憶在尋夢

張開嘴唇寒蟬聲聲嘶鳴
嘶鳴聲暗瘂千百萬張穿心的咽喉

親吻老歌的針頭，一張唱片在室內播放
平地樓房的影子，一眼望去那是沙坵
看不見的海，更遠處是高山
一身銅像站立的海平線
方舟上的時光，迷航的燈塔找到方舟
而你，繼續迷航

2017年2月14日，八打靈

叮嚀

當雨珠向我靠近
怒髮結霜，結成蝴蝶
我不想飛翔了
只想沉落在暮色中
漲潮的江河

2017年5月29日，梅多公寓

擺渡

灰鴿子銜著米糧
在時光的輪盤下注

日子沒有甜夢
只有存在空間，灰暗得像燭光
悼念著死者生前的虛名

可能回頭不是峭壁
也不是可以依靠的的岩岸
是大海，跨過遠洋觸撞礁島
用千百年化石磨成的淚
滴在風乾了的
正在成形的泥路

2017年7月23日，梅多公寓

刮鬍刀

沒必要如此盯牢我
會說話的鬍子
已經走入時間的錶蕊
滴答滴答地繞圈圈
任你怎麼移動心中的機械
身體的語言和瀟灑外表
在地球的赤道轉彎跳舞
也回不了
我們共同的年少

2017年8月18日，梅多公寓

廖雁平

詩作

魚和雁

魚和雁從甚麼年代開始
就愛向大海與天宇
傾訴自己的身世充滿著恐懼及無助
且問為何海洋這麼淺窄天這麼低
總疑惑為何灰蛾要撲火
逃奔的鴕鳥為何不敢昂首
蒼天啊！故事與問題
永遠是一個
要在那一次
日昇
日落
追問才能終結

混沌

一個乾坤負載一片虛無
一個星座住有一位守護
在每日暮落夕起的瞬間
相互收發奇異的訊息

神木

三千多年的風風雨雨
吹舊添新了幾許飛禽的巢
幾許花草在我的裙裾底腐朽為螢
夜夜探尋生命的根源
幾許戀愛中的走獸
在我的盤根糾結偎依成塑像
殘留的碎石，曾是幼獸們啣玩過的
如今是眼底
鐵路枕木旁的
遺恨

三千多年的風雨
催白了幾許征人的號角
我執號角的粗臂
曾是欲攬明月的
曾是捕捉浮雲的
而今是
孩童們手玩的偃月刀

而我曾見我的族人
頹然臥倒成福壽店裡的
棺材

我是失眠的風雨
失眠了三千多年秦月漢宮
直立在阿里山
就是要吸引你到這裡來
向我肅立敬禮

歲月的斧鉞
在我的臉容斫滿網狀年輪
我要你肅容凝望
對著金門高粱納悶
想你的身世
憂你的家國

賞梅

冬的手術刀
為河川剔除皺紋
三十四層，鄉愁層層
整容出一幅皓雪如鏡
照你，照我，照他

冬天真的來了
梅樹紛紛佩上
顯赫赫的勳章

我來了
收斂遊子的心情
注目行禮

獨思

（一）

你是空中的舞者
不需要舞臺
只要兩隊球員的雙手
和全場的驚呼
你在網端翻身越過
宛若闖入軍機重地的
行兇者
赫然燈光灼灼
在刀光人影恍動間
你已縱身躍牆而去

（二）

踱步返回斗室
緊握著懊悔的窗欄
屋外的陽光真暖和
一隻老貓巡禮走過
屋瓦也不唉聲嘆氣

飛機投入天空的懷抱裡
我撫摸著頹喪的汙牆
潰然坐著，環視四面的牆壁
憶起自己曾是雄踞一方的
城主
日以繼夜，唏哩嘩啦
鈔票屋契田產如流水
自城溝緩緩而去
推倒城牆，築起城牆

勞役所挑擔的
盡是疲累和貪瞋
為了堺起一座永不屈敗的城
靈魂自那時開始
憤恨卸下皮囊
以翻江倒海的身姿
自城下輕輕躍起
踏著月色偏西而去

（三）

坐在球場外
爭看勝負
坐在四方城外
貪看輸贏
坐在牢獄中
面對生死

螢火蟲

我的背囊沒有仇恨，沒有悲痛，沒有恐懼不安，惟有光
守著光，夜色是我的熒幕，高低迂回點綴漆黑
蛙嘓嘓潛伏於溪邊，伸舌捲食蚊蚋
貓頭鷹佇立於枝枒，瞪大詭譎的眼瞳
啊！這澄亮的月偏西
破曉前，酣聲高唱安詳

我的背囊沒有槍炮，沒有戰機，沒有州際飛彈，惟有光
守著光，黑夜是一襲外套，星星是亮眼的勳章
狼嗥於野，樓房毀塌，一個可憐的母親撫著孩子屍體
悲泣，對著盲瞳的圓月無言
飛彈依然竄升，一如揮動的火花棒
吻向土地，散發一股嗆鼻焦味
孩子別怕，母親說，
睡吧！好好睡吧
一輪明月閱盡多少生死輪迴

春天花開，家鄉的包菜該醃制好了唄
媽，我不該離鄉遠赴寸草不生的沙地
我嗅到架在頸子的刀的血腥
嘹笑得令雙膝不住顫抖
媽，我何錯之有？受此嚴懲
啊！正義之神已退位，就讓屠刀肆虐吧
媽，我多渴望返回童年，騎著竹馬繞樹

我是提著小盞火燄的
夜行者，守著一方視域
背囊希望只有戰爭，只有仇恨，只有歧視，而沒
有光

2014年10月2日

廖燕燕

詩作

午後

紅日傾瀉
牆外　刷了一片豔紅
擾攘鬧市
一張張人皮面具　橫闖直衝
錯愕漠然憤怒激昂憂鬱傷感
爭執與闊論譁然登場
硝煙嫋嫋　鳴笛震耳
夕陽疲憊下崗
留下一尾餘暉　和
牆內　一室寧謐
選擇靠窗的角落歇歇
與一壺茶香對話
稍息沉澱
為下一段旅程籌備就緒
隨時
轉身起飛

夏浴

水花盛開
盈滿剔透
如陽傘的張力般張開
隨著踢踏舞節奏般律動
迫不及待　　濺湧
踢踢踏踏　踢踏啦踢踢踏
水晶顆礫於潔白如皙的皮膚上滾動
一連翻幾個筋斗
騰空彈跳奔躍
再以煙花敞開悠揚滑翔的美姿降落
踢踢踏踏　踢踏啦踢踢踏
結實豐滿的乳房阻擋不了它們的衝擊
水珠兒失了方向四處竄動
挺拔筆直的背
自然是它們連奔帶跳嘻嬉的跑道
急速的抵達蠻腰的玲瓏曲線裡迴旋打轉
最後　在渾圓上翹的臀
彙集成一線小溪
順著纖纖玉腿的弧形涓涓墜落著地
化開一朵一朵的茉莉
踢踏　踢踏　踢踢踏
像一首
唱不完的一個夏

心跳

再次貼近自己的胸膛
聆聽自己不規律的心跳
蹣跚和急促的矛盾
衝擊著喘息間的無力感
歲月顛簸的軌跡
深深烙印在腫大的
心臟內側
潛意識中反映的感應
生命　已在鋒刃上徘徊
偶爾的停頓
是心悸的告白
時而的緩急
是蒼茫的召喚
在無法預知的未來
移植會是最妥善的安排
我會毫不猶豫的
把它取出
置入你寬厚的掌心
藉著掌心的溫度
撫平我那顆噗通噗通　不通
的
心跳

隱退

緊緊抓住長夜的衣角
在夜幕誇張手法的渲染下
想為自己
抖落一世的紅塵
作最後一次的綻放

春去秋來
落花與流水的對話
細細切切　　哀哀怨怨
浮雲與星月的凝望
癡癡纏纏　　情意綿綿
千山萬水後
總以為找到擱淺的地方
停息

在鏡花水月中
尋覓那千年不朽的傳說
堅信那是一個淒美的結局

春雷迴響的某個早晨
貧瘠黃土在風雨侵襲後
方可清晰地印證歲月離去時
留下的腳印　　零零碎碎
倉促狼狽

溜逝

夜　悄悄的溜走
空空蕩蕩的手在空空蕩蕩中　狂抓
留下的是
我一身的紅塵
繁星中幽幽遊蕩

耗盡一生只為了遊覽一季的風景
冷冽的北風催白了豔陽
凍結了所有的出口
我在林裡　　盤旋
走不出來

我曾以為你是我這一生守候的一座城
而你
不知何時
卻已變作我城外的風景

林迎風

詩作

風葉戀

背叛牛頓定律
努力展示最後溫柔
期盼嬌美能如當年輕綠

黑夜離枝的葉
想翻雲覆雨的縫縫補補著
隨愛情長了一雙翅膀
輕舞風中

迷戀風一生不羈放縱的企圖
直至墜落
直至化泥

留言

在紙上寫了幾行潦草不堪的字
緊握手裡揉成一團蛛絲馬跡

攤開後請將它撫平
若我已無力傾訴
撕碎後灑進風裡

若天有情
你會看見它歎息的模樣
若地有情
你會聽見遠方欲言又止

然後讓車輪匆匆輾過
讓雨水潺潺濕過
塵埃與病菌侵略過
你會看到愛痕
在你心裡留下千篇萬語
卻都是同樣一句

X＋Y＝Z

X在晨光裡頭初升
初心原本蘊藏許多禪
機緣巧合的人會找到
不大懂也不大悟
於是晨光或很短或很燦爛
Y正如日當空
可以很長很精彩
更多的禪在身邊經過
略懂了卻不想悟
反正當下就想著盡情燒燃

Z是夕陽無限好
是X＋Y之後
臨終還想輝煌一番
懂了卻不捨得悟
擔心這一悟
一切都歸於平淡

風雨同行

問天地有多寬　抬望眼　星垂時平野闊
問心海能多悠　思量間　月湧起大江流
問人間多少情　肝膽照　浪淘盡英雄心
問人生多少愁　如沙鷗　飄飄中何所似

天地任我遊

用海天一色為萱紙
九宮格內　揮灑自如
談三國英雄　看滾滾東逝水
任我筆下　轉折

用夕陽無限為美景
鳥語花香　盡入我心
談生平樂事　聞淡淡茶香味
有你伴我　風雨同行

那些記憶

不加糖會讓咖啡保留苦澀
不經意喚醒煙
曾糾纏舌尖如情人的味覺
如是我宣稱：
黑色咖啡＝愛情，
褐色拉茶＝友情。
如是我點了咖啡加茶
要讓兩情相悅就要混成一杯
（只羨鴛鴦不羨仙）
你一定要來赴一場
咖啡與茶
和煙味的相聚
於是我們將能確定
一杯鴛鴦可以滋潤愛情
故事就能延續
你未來的這個下午
忘了已燒了第幾煙
和癡心妄想暫時告別

再約
你來不來
再愛
是那年記憶裡的味覺

露　凡

詩作

那年那人

重巒疊嶂
山下溪水潺潺
無人垂綸放釣
無人水中濯足
無人獨坐蕩舟
無人擊掌和歌

黑夜騷動
那漢子
跨入幽深的樹林
離開歸家的路
金鐵交鳴
周旋日の丸的武夫
那人的行蹤
閃進鋪天蓋地的濃霧
那年，1944

2017年7月27日

註：二戰時，馬來亞為日軍攻陷，眾多熱血青年投身叢林遊擊抗日。

陶

摩挲以最溫柔的手勢
扭……曲……伸……張……
且莫解剖
土窯強光煎熬
浴火重生

暗藏的心機湧動
紋理浮晃
剎那
精心捕獲的時光
碎裂一地

2017年7月24日

山水

紙上漫筆遊走
墨韻漫散
層層山重重水的隱喻

墨汁勾勒
靜穆四起
色澤溫婉濕潤
山巒不存鬱結

無聲處
飛流隆隆
登山棧道盤曲
時空重疊
測量路徑與方向
拾階而上
琴笛隨身穩步林間
知音來訪
對酌孤亭

2017年7月22日

想飛

時光之流外默默守候
亭亭裊裊天堂鳥翹首仰望
凝固多年的雙翅
等一陣風
颯颯
拔地而
起

2017年7月4日

請勿逗留

純圓或橢圓
帶蒂或無蒂
隆起增生繁衍
佈設腸胃無視邊界

窺視鏡苦苦追蹤
如一場電子遊戲
上下追逐飛撲圍堵攔截攫取切離
一二三四五六七……
催淚的藥液醃漬釀製
瓶裝密封

明醫懇懇好言相告
千年後
方可
憑單領取
曠世奇寶

2017年6月19日

膽寶石

莫慌
偷渡的寶石
悄悄試探
光照不至的臟腑
肝膽
你推我擠
微微發燒寒顫

莫慌
手術刀咻咻
大小不一
或圓或方
也許光滑也許菱角參差狀若泥沙
五彩斑斕
一格一格方形小盒
編號封存
歸檔

2017年6月5日

年輪

時光無聲流向
一載一載
拋下
一圈一圈
凝固的歲月
悲歡離合
無從道起

2017年5月10日

失傳文字

海嘯來過
溫室效應烤過
穿梭縱橫交錯的樹根迷宮
在起落的潮水和泥沼構造的樂園
卷……縮……伸……展光滑的身軀
螺貝鑄造特殊文字和表情符號
繁體
簡體
拆拆散散
驚悚疑是LOVE字
或SOS

敢問盤旋的老鷹
敢問暫息樹梢的飛鳥
敢問跳躍的松鼠
敢問岩石縫隙的蛇蠍
驀然驚心
譯解它們震耳欲聾聲聲急的密語

2016年9月27日

釀詩

糯米數斤
紅麴米一撮
六十日後佳釀絳紅中甦醒
芬芳在空氣中無聲碰撞
誘惑四處遊走
酒杯空了又滿滿了又空
多少年，不曾琢磨酒之深味
不曾覺悟
端午釀出的酒最香純

從沒計算乾杯幾回
屈原年年來了又去
酒酣耳熱
不曾留意三閭大夫
缸裡偷偷撒下酵母多寡
直到詩人施施然飄遠
方才悔恨懊惱
竟然忘記向他索取配方
竟然從未詢問酒罈裡
如何醞釀
詩

羅淑美

詩作

我的美麗與哀愁

我用一生的美麗
博取你一世的目光

傾訴

我不怕年華老去
只擔心你從此把我忘記

前世・今生

對你的思念　輕輕淺淺
前世所有錯過的　遺憾
今生　撿起

遇見幸福

一道溫暖的陽光，一場撩動心炫的　遇見
幸福永遠是一個旅程
不是終點

荒蕪

我把青春遺落在夢裡
不知道該如何尋覓
愛情像一場荒蕪了的記憶
被時間掩埋
走吧
如果你還愛我
不要再回頭
我會澈底忘了你

失落的世界

可曾記得
天上閃耀的星星
黑夜中相互凝視　深情擁抱
人世間美麗而短暫的相遇
仿如流星劃過天際絕響

光陰的故事

漸行

把心事記掛在深情的大海裡，那屬於不褪色的的孤獨，在溫柔的月色裡，讓黑夜黯然失色

寂靜之美

也許，只有走過繁華絢麗的年代，經歷時間的洗禮，才能發掘那樸實無華歲月的背後，隱藏著生命裡所擁有的

星河記憶：瞬間感動

沒有預設　我們相遇
如此　驚心動魄
瞬間感動
依戀著那夢幻色彩
譜一首世紀的戀曲
如夢　如幻
是生生世世的承諾
是今生最美的相遇
愛你

說時依舊

我緩緩地走入歲月
無聲無息
生命彷彿陷入
永無止境的沉默
措手不及
我們的愛情
走失在荒蕪的季節裡
或許　距離是最美的思念
這樣才能用一生的時間
想你

等

一輩子要如何計算
才能守著生生世世的承諾
相聚與別離之間
又有誰再意誰等誰

愛情
曾經來過　也
悄然離去　來不及
說　再見
原來　孤獨只為了等待寂寞

時光剪影

凝望牆上的倒影
宛如走失在歲月裡的戀人
和時光拔河
是光選擇了影
還是影早已融入在光裡
糾纏不清
我看不見你
只看到若隱若現的
影子

無聲歲月

細縫的歲月　無聲
乍眼　已鬢髮斑白
日復一日
在時光的流年裡　回望
年少輕狂　不過是
彈指一揮
早已遺忘那年花開的季節

潛　默

詩作

電話呼救

一年裡超過手指能算的特異聲音
來自與遠水遙遙相隔的另一端
急促如宇宙在撕裂中旋轉
天與地倒翻滾落在無名地方
超過手指能算的歷史次數，記憶倏然僵住
一個曾經那麼熟悉又那麼陌生的印記
蓋頭蓋臉卡在你狂跳的心臟
車在路上飛躍，人在熱鍋裡如螞蟻
神經緊繃如幽魂的司機
用隨時崩潰的力道直衝
雲霄在遠山之外，緊張地投望
兩旁實物虛幻把想像不住往前追逐
接線生的一條線忽然千絲萬縷
無從與對話銜接縫補裂開的口
線索在追蹤與尋隙間
忽而從智慧的牙縫裡冒出一個
可以懷疑出入的洞孔
瘋子的瘋總會在陰暗處
給你一個類似希治閣電影版的恐懼
狹小肮髒血污試驗場
一如瘋子後天的心臟
埋藏與運行歷史記憶的汙點
結局就是，有人會給
凡是閉塞的靈魂
找個最適當的居所

2014年9月17日

舞臺

莫笑我癡傻與眾生為伍
此乃天真浪漫機心全無的印章
蓋在每個部位的身上
我，力行自己的宏觀
直至看到人脈的祕道
疏通在多方的空間
你我相識在互動的瞬間
彼此從演繹而至
牽手勾畫
一舉一動建構共同的舞臺
臺上的角色由一變為二
變為三、四、五、六……以及
無數燈示
閃爍在我們多變的臉色上
豎起一個個態勢的鐵架
從簡單，到
穩固
一波一波地突圍
巧奪天工

2015年8月17日

踏血以外

一個血字奏出一首歌
刺耳的聲音
略顯沙啞
在援交的街頭
低調尋找支流
有一條河，汙濁的水
在她心裡流淌
港的香味流離失所
潛入其中一條黑暗支流
隨意流去
歲月砸在青春的尖石上
與青春面面相覷
一個破碎的身體
一攤血跡鋪成一條路
沒有岔口
沙啞的聲音
流失在茫茫的界外
雪，忽然漫天撲入心懷
覆蓋那條河，覆蓋那條支流
他，踏的是血也是雪
冷冷的青春無聲
留下的暗語
等待分析
一朵
早謝的梅

2016年9月10日

註：本詩靈感來自港產電影《踏血尋梅》。

聊齋：放蝶

蟲寄生我名字
我卻離水而去
在陸上喜看風中飄舞的群戲
莊周投給我一雙滿是厭惡的眼
我依然是那個每次看戲後
拍案大笑的自己
我說千金買不回一片片
剎那間飄呀飄的碎錦
那是我空白生命裡一撮點綴
白天太亮的衙堂
所有的黑往哪裡藏
學學這些贖身的靈魂吧
看自由是不是如此成千成百
在我掌中要飛就飛
入夢的女郎怎知道
我的心事
她和她的姊妹是風的化身
我要用這樣的方法證明
水陸兩棲的力量
猶勝於
飛翔

2016年10月23日

聊齋：翩翩

搖曳的樣子該有暗示
輕盈的葉片用以裁衣
剪成肚腹裡諸多養分
抓一把白雲吧
披在身上是棉襖
哈哈，怎還不識形象呢
絕路中助你找回生命
生邪念時她撇開一雙眼
原諒是那麼經得起火烤
哪來的風冷雪寒
從不缺溪水變為酒香
快活本來像什麼
別有洞天的故事述說天堂
穿插一個花城娘子
翩然而至
翩翩，翩翩
塵寰以外
屬世之外
一個臭小子
連續兩次露餡
而枯葉
徒然為你
再度降旨

2017年6月19日

七夕閃詩三首

（一）銀河飛車

一晃，時速二百萬光年
我的銀河飛車
收集藍星所有單身牛郎的願望
納入無線電波軌道
充電即時開始

七月七日夜晚
藍星上歡聲雷動
2017年8月26日

（二）一等情人

我們是一等情人
天鷹天琴作證
佇候七夕傳訊
喜鵲堅守十二光年協議
點點星光退隱幕後
雲錦天衣
密密縫
2017年8月26日

（三）七七之夜

今晚東運會直播，不看了
只看天河喜鵲
羽衣如風，肌腱勃勃
嘿喲嘿喲聲中
撐起一個夜晚的星際交會
2017年8月28日

覃勖聞

詩作

側影

翩翩　妳走來
闌珊無眠的曲調
纖塵不染

三千歲月
落筆之間
承諾　恰如一抹雲煙
春去秋返
怎堪　道不盡的哀愁
吳帶迎風的季節
深　深　深
庭院深深　深幾許
雲深　不知處。

2017年11月2日

無題

妳說
眼睛是最美好的相機
我卻將青春
定格在這裡

2017年11月12日

一首情詩

山盟海誓
碎成一地傷痕

願哪天
人海茫茫
千里相遇
請妳不要
再記得我
我也會選擇
忘了妳

2017年11月9日

海深不知處

師說
我針線交織
古今交錯　豔媚迷離的網
意圖逃避　意圖歸隱
意圖遠離現實的塵囂

非也非也
我既不是浪漫的詩人
也不是天生的哲學家
只蒼白的幻想
抽身面簿山崗
微信河海
沉溺在泛黃的
古籍線裝

2017年9月4日

青天

未及邂逅
你黯然神傷的年華
一身凌厲劍舞
天罡武步
終不能為你
淌下望穿秋水的淚花

青天
且立盟約何妨
茫茫人世
若有回溯時光的神話
你付我　逆轉滄桑的斧鉞
我寄你　為尊萬年的榮耀

2017年9月4日

思鄉的冰寒

伸手
摘一宿南國山水予妳
相思的時候
小心翼翼地將它
一針　一線
一紐　一扣　披上
以解北國飛花九月
思鄉幽苦的冰寒

2017年9月3日

洛神賦

萬廈燈火　香煙紫氣
雙峰塔下　一派雄渾
無奈　南山八千雲路夜色
竟不及東坡子瞻
宋詞兩闕的翠綠荷塘
洛水　如洛水
如洛水河畔　芙蓉出水
妳按著節拍　哼著古老的曲調
一拍　兩拍　瑰麗　迷離
玉潔冰清　舞步生花。
一襲無暇天衣　點綴研磨星空
雲煙　漫珊而來。
一個回眸驀然
兩次纖手揚杯
三競邀飲淺酌
醺醉今夜　掩面樓閣的月光

2017年10月29日

汪耀楣

詩作

舞之后

昨夜風雨乍起
孔雀化了妝，待飛
假睫毛長長彎彎
勾起誰的嫵媚

我的年華已無法起舞
年輕的你
舞畢一場邀請
一輪秋月已掛在
雨後夜空

歸家的路微暗
疲憊慢慢爬上未卸妝的臉
稚氣在合上的眼皮打瞌睡
頭上插著三根孔雀羽毛
睜著藍綠大眼
幫忙看路

2014年10月11日

請問，魚和魚缸有什麼關係？

我決定買一個大大的高腳杯當魚缸
在透明裡放滿水
可以看穿
一種看不見的關係

就像養一尾小魚
沒事先問過魚缸
像牆上游過的一尾生命
也無需經過燈光的同意

水草也許是第三者
五顏六色的小石子屏著呼吸
不想驚動，太多觀眾
還有，他們的好奇心。

2014年10月22日

我的思念，一隻長頸鹿

我的思念，一隻長頸鹿
一天望一次
一天望兩次
一天望三次

眼神延向你的方向，越來越遙遠
站在最高的地方，想看
你的背影

我的思念，一隻長頸鹿
一天忘一次
一天忘兩次
一天忘三次

印象漫向陳年舊事，越來越鮮明
站在最高的地方，記住
那些腳印

今年四月，忘了摘來幾朵白菊
去年的那些，前年的那些
明年一定不會忘記

2017年4月28日

偶遇

在Penang Road，遇見
他和他身上的壁畫，還有一幅
剛剛完成的風景
牆上的顏料未幹
有人在斜坡上騎三輪車賣餅

看啊，旅人太匆匆
他們用嗅覺尋覓，左手炒的粿條
八令吉一碟，熱騰騰
再來一碗冷冰冰的香濃Cendol
他們忘了拐進，名香泰餅家的後巷

畫家抱起一箱畫具，他說
他的名字叫司徒

2017年6月30日
註：Penang Road是「檳榔律」；Cendol是「煎蕊」。

奔夢

傑克不攀爬豌豆樹
堅守天上垂下來的雲梯
以星光為餌
釣一個
掛在月牙的夢

夢的邊沿
會下金蛋的母雞被放逐
巨人與現實
灰暗牆上，他們留下塗鴉
靈魂在鎖鏈與鎖鏈之間，打盹

心的地圖啟動導航
鑰匙長成一朵花蕾
那漫山綻開了無垠
夢在奔跑

2017年7月24日

追尋

室外，青青草地
室內，填鴨式是籠子
一朵小花好奇張望
二十六雙眸子閃爍

二十一世紀教室，一座精明舞臺
時間和課程持續拔河
評估方式，高思維左右激蕩

快樂學習，一道彩虹
象牙塔不倒，雨後癡癡遙望
追尋，一抹
粉紅色的微笑

2017年8月8日

詩在辯論

星期六下午，誰的背影
在樓梯口搶答，張望

第一步的姿勢
左腳，右腳，雙腳
走，跑，跳，躍
還有一招，引君入甕

教你鋪展，一張張白紙
構思立場，學習破題
素描，黑白灰
柳花暗明又一村，還是
置於死地而後生

如何演繹，沒有聲音的辯論
那是，一首詩的誤會
風該決定，它的方向

2017年9月23日

優曇婆羅花

尋你，三千年
露珠上，朝陽下
翠綠中的純白

小小的靜靜地，綻開
那遠古走來的幽香
恍惚間，認錯你的背影
那是因為太思念

遠遠一眼，已過多少世
今生若再與你擦身而過
我願意再等，三千年

2017年6月25日

走向天竺以北

初冬，從赤道畫一條飛行線
連接，天竺以北之境
攜一片雨林綠葉
換漫天漫地，秋末來過的痕跡

攝氏24度到零下3度
從單薄襯衫，添加寒衣風衣羽絨衣
新德里、斯利那加、齋普爾、法特普錫克利、阿克拉
喀什米爾凝望著喜馬拉雅山脈

我們在等，等一場
醉倒在雪地的異鄉夢
好讓黑與白的世界
開出一朵朵蓮的清香
在灰色地帶
嘈雜車鳴聲，流匯成一條條夜裡的銀河

2017年12月16日

王晉恆

詩作

後半夜綺思

後半夜，分針走得特別輕
可以聽見血液竄流心房
還有白髮捅破頭皮的聲音
牆角的壁虎排出幽夢的卵
書櫥裡的蜘蛛網好像很年輕
嘗試捕捉載浮載沉的時光
窗外冰冷了一個世紀
幾點暖意
是斑駁陸離的彩蝶？
是魑魅魍魎的越南燈籠？
枕下彷彿有股流
遠方有春草鋪滿邊塞
遠方有冰溜子掛滿村
遠方有白鴿站滿許願池
遠方還有情人在歌唱！
以為地球只是宇宙的原子
只要把房燈撚熄
頭鞍前葉與海馬體亦無疆
昇華成泛太平洋的繁星
便無所謂遠方
但遠方沒有關燈
遠方有戰爭的圖騰
但遠方不會熄火
遠方有仇恨的火山
原子核，裂變——
變出一道拒絕春意的高牆

擋住所有提著夢叩門的人
匿藏於後，是真正的

遠方

原鄉夜

離愁別緒急速靠攏
如不安的波斯貓
從古董鐘跳出來，攫取
擱淺床上的大魚

夢的血水自鰓蓋流出
漬透床腳，旋轉空蕩的轉椅
潺潺漫溢房間的軒窗和牆罅
流到

市中心的鐘樓
一盞盞路燈從這裡鋪展
至郊外無可觸及的星群
每盞燈下羅列靈魂的光譜
只要暗河輕碰便呈放射狀

當水藍色的憂愁向四方
緊擁過去
上漲成一種難以割捨的心潮
這座小鎮的酥鬆剪影
一個刻度接著一個刻度
在水中折彎成珊瑚礁
古老而不言

月牙承載著
那些起球的往事
輕輕輕輕下放、擺渡

從一座屋頂
到另一座天臺

有邏輯地發著無邏輯的夢

大學門前有個十字路口
十字路口對面是KFC
昨晚工隊在中間築起環島
還在上邊豎立金正恩的銅像
有銅像的地方就有轟動
一輛輛汽車如同樂會裡的小黃鴨
在銅像四周擁擠、旋轉、膜拜

這裡是最接近東方的淨土
虔誠的朝聖者依然虔誠
睡夢的我卻依然不改叛逆
跑到那間KFC，幹起了老本行

——解剖與分析

養殖小宇宙

我想我不清理客廳蛛網的原因
肯定和我喜歡抬頭觀星的習慣有關
宇宙在大撞擊之後，據說
還在不停膨脹、不停膨脹中
所以每個晚上我都在懶椅上
以四十五度角，數一數
每一個樑與柱的交接，張結著
多少朵星雲，開向夐古遼闊的空無
中心有黑洞，無休止地織著
屬於自己孤獨疆域的引力
網住飆塵，網住蚊蚋，網住枕中人的噩夢
直到生命來到最後一吐，便化成流星
墜落
紅螞蟻為它舉行盛大的火化儀式

我不懂天花板的頭和尾隔著多少光年
就像我不懂地球是哪一個蛛網中
一隻小小的藍甲蟲，憂鬱憂鬱的……

餘波

——記522曼賈斯特恐襲

房間的窗，又爆了

泣血的太陽，扭扭捏捏
一直不願向西，不想踩過焦土
馬拉松式，炮烙雙足
沒必要，硬闖死神的獸宴
骷髏堆疊起來的香檳塔，越來越高
風有悼歌，孱弱，似指路的黑白緞帶
倒掛破窗，引來尋光避難的蚊蚋飛蛾
那亂拍的翅，惶惶恐恐
沒有任何標籤，任何符號
無法確定它們是不是曼賈斯特的幽魂

當那只蝙蝠追來，全盲且瘋狂
我用筆尖戳破其眼前的黑紗
在曙光重佔穹窿之前——
願它，不再厭光

解脫

一聲不吭地站在安全島中央
兩個方向的呼嘯聲將我逼宮
等著跨步走到對面的麵包店
等了好久好久好久
一點鐘的太陽正晴好
把風中的落葉燒得
好脆好脆
脆得還有這條鋼索
有點金屬疲憊，繼續被擠成一條線
風馳電掣的車輛把我柔柔柔柔柔柔地
催
眠
下
去

別睡！

啊，我明白了
加護病房二號床的她
昨晚完成化蝶時
為何含著那麼美麗的笑

懺悔

窺鏡自憐
窺著……窺著……
鏡子潰瘍成一朵曼陀羅
花心是一口井
井口極處的海岸
有你當年無情出走的城堡
一位孤獨的王，住著
一世不回春的冬，吹著
兩個平行宇宙
被無盡頭的銀河切開
奈何，奈何橋是唯一歸途
你還是難忍衝動
闖——回——去——

無休止地奔跑使你麻痹成一隻花莖裡的
草履蟲

溫任平

詩作

傾斜

你在種花的時候見到我
我在鋤草的時候見到妳
坐上公交車，我們朝著上班的
反方向馳去，我們談論
電視連續劇的情節，言笑晏晏
可言不及義，我們都知道
今天不是情人節。坐在後面的
乘客在打呵欠，司機咀嚼著朱古力
我們遠離著接近，嗟嘆宮廷的
鬥爭與悲怨。車窗外的陽光
傾斜照進……

我是清朝的伶人，你是多情
而含蓄的嬤嬤，在終站之前
在終站之後，我們
都離不開深宮禁院

2014年7月17日

仕女撐傘避雨

長廊處處欄杆，燈飾兩盞
字畫從內到外，水漬
漫漶，有人幽憤難平
淚灑樓榭亭台，從瑤階
一路向畫家的朱砂紅的印章
潺潺流去，仕女撐傘避雨
這時刻，獨缺一抹晚煙
別院傳來管弦，似近又遠
你我佇立朱門內外
我們都看到同一方冥濛的天
我跨不進去，你走不出自己
你是古代憂鬱善感的仕女
I like blue，blue is cool
我是現代耽美的紈絝子弟

2015年1月17日

大寒前後

大寒在昨天，氣候劇變
灼熱得令人暈眩
忽而大雨傾盆，街道盡濕
我衝進赤道的冷氣咖啡廳
會晤司馬遷，討論比較
史記的體例與史家的偏見
伯夷列傳為甚麼是第一篇
叔齊伯夷，求仁得仁
真的無悔無怨？

今日大寒，我的袖子曳地
攜著文化扶著歷史
在下雨的巷弄前行，步履維艱
去到孔子世家，仲尼直言
當年如何被拒於齊楚秦
與眾門生於陳魯衛扼腕吁嘆
吾道不孤惟不行，諸侯頷首
心裡卻不認同也不肯定
一群儒家漂鳥，自此
從大東北向南方遷徙

2015年1月21日

蔥綠崑曲

（一）蔥綠

我看到那個穿著半透明
蔥綠色雨衣的年輕郵差
踩著自行車在Paragon酒店前面
掠過，驚鴻一瞥
那人清癯的臉
似乎留著二十六年前的鬍髭

（二）崑曲

他在台前拂袖，假裝氣惱
心裡覺得好笑
很多動作都得掩著半邊臉
露齒是忌諱，即使多次洗刷
仍難掩長年抽菸的污垢
遊園驚夢，皂羅袍
他翻了很多個筋斗
一字腳跌坐，功力再高
始終是個跑龍套

2015年3月19日

Android：抉擇

智能手機的紅燈亮
他剛剛闖過紅綠燈往政府行政大樓馳去
電池弱了，他的鈦製手臂
伸縮度慢了，糟糕
體內的電源斷斷續續
電話另一端傳來的聲音續續斷斷
他的任務是保護國內外政要
他的銀色指掌裝配，剩下的能量
只能簽一張支票
只能投一張選票

2015年4月2日

哈柏瑪斯在北大

拄杖而行的哈伯瑪斯
在北京大學的小徑，近乎攀行
終於找到大學哲學系的圖書館
他準備了講詞，在通道徘徊
他決定等待……
康德叔本華尼采回來
等待……晚春的桂花香
氣候稍冷，槐樹上的雪早已融解
在古舊的殘垣斷壁間去尋找
冰糖葫蘆，很難。他慢步向前
想著純粹理性批判的唯心論
想著揪心的：要嘛孤獨，要嘛庸俗
的叔本華悲觀哲學
想著如何融會尼采日神與酒神論
他決定談個人行為合理性，社會合理化
論公共空間的結構轉型…他走上階梯
先談形而上思辯與溝通理論
他記得王國維對陳寅恪說過：
可愛者不可信
可信者不可愛

他用德腔英語，沉重的重複著一句話
一切得從工具理性啟蒙說起

2015年4月25日

五四看西洋拳賽

五四那天，我甚麼都沒做
對著YouTube，細細端詳
兩位拳王，最迅猛嚴密
的攻防，力道不亞於當年胡適之
與梅光迪的長期論戰
「I tried my best，but trying my best was not enough」
菲律賓國寶級拳王帕奎奧承認
他敗了，梅光迪赴美教書
心情沉重，學衡解散
穩健淡定的梅威瑟勝了世紀大戰
學者逝矣，拳手宣佈退休
夕陽餘暉，薪火代代相傳
有人說：我的掌心仍暖

2015年5月5日

日本短旅

妳的淚掉下那一刻，繁櫻
萎謝，整座山光禿
也不完全牛山濯濯
枝椏參差，與妳的心情何其相似
遊客的話題變了，笑容
奇異，沖繩祭祭的是自己

妳的淚掉下那一刻，溶漿
緩緩沿著山脊，流入
海洋，沛然莫之能禦
衝擊妳盤桓一輩子的城市，從郊區
湧入熱田神宮，然後是白鳥庭園
湧入我於後山專講茶道的草廬

2015年6月2日

.com與木村拓哉

第一次與藝人討論.com
心裡緊張得要死
木村拓哉戴著
他的鴨舌帽
長袖捲到手肘的中間
他走進廣場，四十二歲的他
要綻放二十二歲的
笑容，不容易，美容秀秀一番
或許還可以。可.com不是那回事
它是網絡的專區與屬地
用戶是大咖還是蝦米沒關係
它可以有，或沒有
木村拓哉的粉絲
它可以有，或沒有
時間與年齡的考慮

2015年7月13日

吳銘珊

詩作

十七歲

十七歲的天空裡
陽光撒滿一地金黃
渴望震醒了慵懶
萬物曬乾了寧靜
彷徨遊走心田
微笑晃動風浪
淚水滴穿沙漠
鐘聲反覆著
反覆著響起
你是我青春裡的一股清流
注入在我的記憶裡
不停歇的　流竄著
卡農的音符
盤旋在十七歲的天

2017年11月5日

雷達

在沙塵暴中
連結不上的訊號
像是失去恒溫的屍體
僵硬而沉重
狂沙漫天飛舞
排山倒海似的
吞噬　一切　希望

希望

雨滴漫天飛揚
風劃破了寂靜
花瓣緩緩落下
在晨光的照射下
折射出了　滿溢的
希望

2018年1月6日

約定

在風鈴木樹下
蟲鳴聲四起
花瓣漫天飛舞
落葉一疊疊
微風輕揚
葉與葉之間透著光亮
晾在樹皮上的約定
早已　風乾
徒手摘下
再小心翼翼的
收藏在
回憶的盒子裡
待十年之後
再拿出來曬一曬
曾經
被劃破的傷口
依舊在　顫抖著
在風鈴木樹下

2018年1月7日

寄生蟲

在毫無妨備之時
像磁鐵般
吸附著虛弱的軀幹
迅速的吸乾血液
貪婪的啃食著
每一寸肌膚
連空洞的靈魂
也一併被吞噬
此時的它
不斷的腫大
「碰」的一聲巨響
一地膿血
灌溉了整片田野

2018年1月9日

冷戰

當空氣凝結成冰時
眼神如霜
體溫卻如火焰般　燃燒
冷與熱的抗衡
像是在備戰狀態
一觸即發

2018年1月10日

糖炒栗子

每當這個季節
有股香氣瀰漫在空中
被撥動的神經
像被蠱惑似的
一顆接著一顆
咀嚼著
已逝的年華

2018年1月11日

種子

小小的體積
沉睡在深深的土裡
做了開花結果的夢
睡醒後
才發現
夢
早已萌芽

2018年1月12日

我

一個又一個的夢
混淆了晝夜
模糊了虛與實
醒著時
才恍然
另一個我已昏迷
因兩個我
無法同時共存
唯有剪開另一個我
才得以延續篇章

2018年1月12日

吳慶福

詩作

手機

她是怎麼知道我需要天氣預報？

（攝氏28度，安順即將下雨，稍後可能出現雷暴）

她貼心地提醒我出門前記得帶上雨具
雨衣、避雨、別著涼、別淋雨
多有體溫的遣辭用句

我開始懷疑
她不是一台手機
她怎麼聽見我急促的呼吸
不可能知道我心中有雨

2017年11月14日

七夕五帖

一、醉意

誰會想起
今夕是何夕
倒杯冰冷的啤酒
白沫幻滅成鵲橋
醺醺地醉在
你的唇邊
我的思海

二、窺視

別再搭建這七色鵲橋
到底還是門戶之見
我不過是個看牛的下人
那躲在天邊窺視的
那顆星星是你
還是你老爹
玉皇大帝

三、兩頭

天涯我在這頭
海角你在那頭
思念的海岸線繫著兩頭

我們不曾相約但年年碰頭
你仍在我左邊胸口
我還在遙遠的的橋頭
等你回眸

四、七夕以後

七夕之後決定
不再往這條巷子駛去
不再從有風的方向嘆氣
不再搜尋網路上的訊息
七夕以後一旦死去
僅用這首詩
念你

五、神話的距離

他們總是鐵一般的執著
期望七夕的重逢如願以償
我們彼此遙望
十六個光年儘管耗盡
鵲橋無法兌現的現實
就用神話補上

2017年8月28日（七巧節）

祝願

要寫一首小巧的
處處鳥啼聲的詩
從盛唐走出現代
從現代走向未來

要用手機活出虛擬的時代
用它充當羅盤
點按繆斯流浪的方向

要在網上學熬一碗薑湯
要有湯圓做伴
要有薑是老的辣那種味道
不害相思
不犯風寒

2016年12月31日

詩集

——詩贈李宗舜老師

詩人背後的風雨
都化成了詩文與俳句
詩集是探測人情的溫度計
注重環保的人士最珍惜樹皮
這是他們不買詩集的冷道理

2016年12月31日

安順拾遺二首

一、鄉愁腸粉

來一包掛肚牽腸的豬腸粉吧
思緒隨銀色河灣夾帶河風蕩開
點點飄散的鹹脆蝦米是味蕾的花瓣
近來鄉愁的味道逐漸昂貴
不論你是遊子或是過客
一律售價馬幣五元

（加料另計）

二、福順宮前卻步

> 福己禍人任爾燒香無益，
> 順天守法見吾不拜何妨。——若庸和尚

牌匾直指人心
燒香須用凜然正氣
尊王殿前無聲稟報
我是慚愧人，不是
香客

2016年12月17日

白髮

——對鏡目見斑斑白髮

代表歲月虛度了時光
代表桑田竟漂成滄海
何時青絲變成了暮雪
李白把它化作三千丈
岳飛無法抵抗的悲壯
是流光幻影也是秋霜

2016年11月1日

路兩首

一、趕路

各別的腳步縱橫阡陌
只為一張口不停奔走
你我的哭笑都融入在
這無止境的景物

二、並行

我想約你上街去遊行
在強權之下
在民主之上

我們只取中道
不踐踏路邊小花

2016年10月30日

月亮解碼

一

都怪月餅太甜
咬了一口
一口就有了
圓缺

二

我在月宮望鄉（只緣身在此宮中）
探測蘑菇雲的輻射線
人類腎上腺失調與江湖
恩怨

三

天宮二號如期升空
一箭射來證明神話仍舊美麗
月宮原是人類史前偉大的人造
衛星

2016年9月16日

夜讀唐詩莫飲酒

斗酒十千邀明月一輪
起舞撥弄是誰的清影？
何似人間，猶似人間
你我穿過黑夜層層
靜待黎明破曉降臨
來！勸君再盡一杯酒
一舉十觴累十觴，何其豪邁！
明日你將乘風橫跨山嶽重重
世事漫漫更勝人生茫茫
行路難，行路真難
崔顥已乘黃鶴去
且借唐詩幾闕醉讀風騷幾遍
月移花影獨上心頭
世人皆醉，醉了，醉了
都醉了

2016年7月7日（小暑）

謝川成

詩作

我是枯乾底綠意

如果你的手持著一朵枯萎的花
不妨把它放在窗外的雨裡
讓它在潮濕的午後
流露最後的絕豔
也許我還應告訴你，每一朵花
註定要在凋謝的瞬間，完成永恆底身姿
在無數個風吹雨打的劫裡
終結一則完美的興亡故事

如果你的手持著我枯乾底軀殼
無需憐憫
風裡，雨裡
我是枯乾底綠意

隱題詩兩首

（1）天地為萬物的逆旅

天，還是以前的藍天
地，還在不停腐化人的肉體
為所欲為，私心有如萬噚深淵
萬千光年如同一日
物變星移，何處是家居？人類
的靈魂輪轉，在法界中，遷流
的時間無常，在宇宙蒼茫茫中
逆方向而行到底將在何處停留？
旅程終站又暗藏多少再出發？

（2）光陰為百代的過客

光輝燦爛的人生有誰不奢想？
陰晴圓缺，時光
為人類撰寫，斷代史，
百年一瞬，如小舟飛越山萬重
代代傳承，提燈者
的香火，那是永不熄滅的自性
過一則有業人生，如何脫下比八尺還厚的塵垢
客居最後的鈴聲總是響在百無常裡

文房四寶

紙

你每天都在期待
期待一種新生
純白太過單調了
你說
你需要狼毫筆為你
為你帶來聽說是最好的徽墨
然後輕輕地吸吮
讓筆成為媒人
把你繪成
一則家譜
流傳後世

筆

我是剛硬的狼毫筆
健勁、有力
直率，愛聽人使喚
就算是把我潔白的身軀
插入黑暗世界
我樂於承受一切命運的安排
因為我沒有選擇
我的身體必須被沾汙
才能重生
受傷以後
我以黑得發亮的形體
在手的指揮下馳聘於四方國度
來往構成一頁
中楷

墨

你的前身
是松煙與油煙
分別侍奉書與畫
曾經閃射微藍與純黑的色澤
現在你是微墨
在硯臺上受盡折磨
你渴望清水
更盼望磨墨者
磨時能惜玉
重按輕磨、快慢有致
你才不會吐沫
才不易軟化
你的歎息細膩
偶然被攻擊
你回報以一聲
清響

硯

我的兄弟眾多
玉硯、陶硯、石硯，瓦硯、磚硯及磁硯
你們的身軀極不相似
有方的、有圓的，還有
長方的
我是端石硯
硯中大兄
身價高昂
脾氣最壞

只要主人用後不替我洗澡
我將盡力破壞墨的色澤
甚至發出臭味
因為我愛潔淨
因為
我是硯的貴族

音樂是多餘的喧囂

一場寥落的旱雨
來自一把火炬
兩顆燃燒的心靈
擁抱一室沸騰的寒沁
音樂是多餘的喧囂
我們相擁而泣
那不是訣別，亦非盟誓
一把自張的雨傘，從火光中飛出
遮蓋來襲的風雨

時間已過午後
居然還有些斷續的雨
帶著微涼的灼熱
在我們身邊疾逝
你是鬧市裡的賓館，期待歸人
專一的投宿者我是
迷失，我們就這樣
構成一片惑人的風景
在炎熱的傘下，在溫暖的弧形天空
我和你快樂地迷失
音樂是多餘的喧囂

旱雨依然下著
向每位駐足的晨運者，低訴
蒸沸如冰的愛情故事

孤飛的旅雁
能承擔多少寂寞與哀怨

木然的河川
為何堅持那平靜的水面

為了一個遲來的夢
冰山在剎那間溶解
曾經冷漠的面貌
是洶湧的波濤
奔流如山洪
那是塵封已久的感情
幾重回憶，多少溫馨
你的心情是一杯苦澀微甘的茶
雨仍在深深淺淺地下著
音樂不再是甜美的語言

這就是期待中的良辰嗎？
旱雨來襲
音樂只是一種多餘的喧囂
一切靜止，在擁泣中
因為我們畢竟恨晚
因為我們不敢向前瞻望
沒有人能分享
我們的夜色與旱雨

永恆啊！我們曳航追尋
帶著一卷情詩
你的秀髮忽然蛻變
原來這就是我的
一生一世唯一的心事

謝雙順

詩作

江湖

環繞的江水，文人的靈氣
詩人的氣息，俠士的味道。

大雕，迫不及待的投影
一代宗師，如何誕生
不朽詩人，如果成型。

梨樹結疤；風中遞送秋意
薔薇翻牆；蘆葦跨過裙角。

大俠的老家，頑皮的影子
豎立庭院。

多情的詩人，吟詩頌詞
日落西山。

抵達的南洋旅客，顛簸
抓著陽光的尾巴。

和著風，和著俠影，和詩人
暢飲，黑暗降臨之前
最後一道黃昏，夕陽紅。

璀璨，如星光，如武林
如刀叢裡的詩
非常確定，這裡就是傳說中
我久仰的江湖。
2017年10月24日

註：此詩記錄2017年秋海寧之行。海甯為才子之鄉，是武俠大師金庸，詩人徐志摩，王國維，蔣百里等名人的故鄉。

今夜我的青春不打烊

秋天的夜，霧濃
街上行人，三三兩兩
拍拖的女生路過
一朵玫瑰掉落地上
輕盈的落姿
如流逝的青春歲月
今天是我和她
分手紀念日
忘了那是多少年前的往事

斑馬線前停下車子
車頭燈穿透濃霧
一隻花貓一閃而逝
一個白衣女子匆匆掠過
飄逸如仙女
我不免多看兩眼
深邃的眼眸，藍色
怎麼如此熟悉
那是她嗎？我的初戀冰糖

尾隨的車笛，鳴響一條街
我得匆匆趕路
今夜，我的青春不打烊

2017年5月6日

清明

彷彿一切沒變
家的前面荷花璀璨
那個妊娠著阿花的女人蹓躂
昨天哪對夫妻吵架
哪家的孩子考第一

無人的草場
豔陽下躺著限量版足球
陪我踢球的表哥阿吉已離去多年
我追風的鐵馬，慵倦於牆角
老母親忘記呼吸
躲在草叢下
灶頭雖久未開夥
依然留有飯香

雲中鳥
淋著清明雨送我回家
母親往常一樣
撐著油傘迎接我
我眼眸的水珠
是雨，還是淚

2017年3月25日

那年的秋雨

我常常誤置時空
六零年代的稻禾邊緣
八零年代的垂柳江畔
風揚起你的髮
追逐少年，兩小無猜

那年的秋雨
淅淅瀝瀝，煙霧朦朧
那個撐傘的姑娘
只依稀記得
白裙，飄逸

時空，酌量
有沒有釋懷了你的心事
烏鴉如何蛻變成鳳凰
如何才能忘卻
那段傷心的往事

你說怎能忘懷啊，傷心往事
那年離家時，你才十八
江上，紅色火焰剛剛盛放
那個年代的孩子，都一樣
從風雨走過來
我的六零年代，你的八零年代

我常常誤置時空
稻禾邊緣，垂柳江畔
陪你垂釣
2017年3月20日

回到一九八八年

調動時光機，回到一九八八年
光陰像那年夏天
天空張開雙翅
掠過溫柔的山丘灞陵的高山
書寫孤舟神話
山上的寒流，凝固對你的愛戀
那朵紫色勿忘我，就如其名
叫我一生掛戀

跋扈年少，風湧著雙翅
我們赤足踏過白色沙灘
疲憊的海浪，風終於卸下
忘記飛翔，歲月生銹
一切從未發生

回到一九八八年，我隱約看到
你的背影，在鏡子裡頭
坐在靠窗的座位
你習慣托腮的姿勢
寫詩

2017年3月22日

童年

光陰是吹奏的倍低音長笛
小雨，在低沉的音階涑涑劃過
羽狀複葉，和外婆陳舊的雜貨鋪
後巷的童年直立，余甘子樹下
野生的余甘子，色澤平庸，少人青睞
熟透的余甘子像金黃色的雪花，飄落，滿地
冬天，童年的甜點，醃制的余甘子蜜餞
先苦後甜，那是外婆教導，做人的道理
口中尚餘的甘香，足以回味經年

窗外雨絲，稀稀落落
涑涑劃過，外婆慈祥的笑容
青澀多情的余甘子
刀光劍影的童年

2017年4月21日

住家男人

曾經柔情似水
曾經滄桑如浪
而今平平坦坦
叫我如何能夠再寫詩

他們說詩
在夜裡被魚吞進肚子
就在破曉時分吐出

晨起
我在巴剎的角落等詩

妻子說
還等什麼
買一尾魚回去
煮餐佳餚吃吧

1994年4月2日

暮色

暮色，從吃檳榔女人口中
吐出來，跌出去
撞擊，風中
枝頭小歇的小鳥，天空
飛翔的大鳥，以及家門前
嬉戲蹦跳的小孩，和他們口中的

「爸爸！」

1991年3月16日

徐海韻

詩作

祈禱

多次在夢裡回家
若可以
請在天堂預備好
一樣的屋子
曾經離開的人都要回來

不介意還是那多次壞在路上
要我推的摩托
不介意那搖搖晃晃的
過度負重的車子
只願阿公仍在裡頭抽煙
聽偶爾斷帶的鄧麗君

若可以
我要上中學的那段時光
深藍色的裙子和外套
紅色的領帶
冷冽的樹林
溫暖的橘色巴士

老鼠也可以回來
不介意你們在我的衣櫥裡築窩
不介意所有的蛇都可以回來
反正我養過的
所有的狗也會回來
猴子也要回來
不介意你們偷吃木瓜和黃梨
反正還能繼續生長

請在天堂預備好我的屋子
曾經離開的人都要回來

2017年2月15日

碎碎唸

我沒有辦法高處不勝寒
但很願意佇立冷氣之下

他一直做他會後悔的事情
然後笑笑
臉皮厚厚地收回

不吃宵夜了
若真的餓了
我吃文字

繁體穿得太保守
簡體又太清涼

無聊與靈感只差一線
可以選擇死去或者文思泉湧
又或者
勉強文思泉湧

紋身的女郎天真地笑著
推開髮廊的玻璃門
與老朋友說笑

誰需要筆
我們已經用指尖寫詩
拇指尖

我喝的往往不是茶
也不是果汁
而是溫度

2017年3月12日

晚安

把性格抽出來
洗一洗
擰一擰
拋甩攤平
在月光下曝曬
殺菌

然後
就可以清爽地
搖曳
看湖水用螢火裝扮自己

真好
她沒有性格
更好更棒的是她有天氣
天氣就是她的脾氣
濃妝淡抹雨露雷霆
都有人追尋
狂喜

噓
別說話
我才剛剛哄睡了
思緒

2017年4月3日

流浪

做一個流浪的人
輕行裝
居陋室
每到一處
和陌生人邂逅
聽他們的
也說自己的
故事

高處看雪
低處聽雨
汗涔涔地爬
每一座可愛的山峰

做一個
多情的人
能歡笑
也能哭泣

走啊走
只有雲知道
我的名字

2017年5月12日

回信

偶爾被膠著在時間裡
動彈不得
幸好還可以思考
幸福的是仍然可以
思念

口袋裡有一個小小的
宇宙
在星星之間盡情地跳躍
回望最初的來處
是一顆溫柔的藍月

偶爾被定格在時間裡
目無表情
那是因為忙著在記憶裡
翻箱倒櫃
為著一張模糊的容顏
一個曾掛在唇間的名字

我從凝滯的時間裡挖出
破碎的文字
在掌心裡拼貼
那不是我要公諸於世的巨作
只是
很久以前就想回你的
情書

2017年6月20日

別叫我文青

別叫我文青

如果已經
被簡單定義為
格子襯衫黑框眼鏡
逛逛書店久坐咖啡廳
凡事只顧自己的feeling
抱歉
慢走不送

還在努力
尊重他人言談有禮
練習唱好一首歌不走音
嘗試喜歡上運動
安全駕駛不危害生命
認真寫作儘量不做作
數學很差就要善用計算機
當一個正常的人

哎
別叫我文青

2017年11月24日

徐　宜

詩作

思念

幾個星期前，你還睡在我身邊
我躺在手術台，僥倖和死神擦肩
你卻自個兒離開

拖磨大半輩子，嘮嘮叨叨
仍然守著你身旁
你灰白了頭
枕邊，還聽我碎碎念
走出家門，近或遠
牽掛，總跟在後面

書桌上擱著一對老花鏡片
懷念粒粒方塊字，磋磨的從前
梳妝臺上米白小梳篦，伴著
遺留的髮絲，灰白相間
惱人的春風
無知，吹走留戀
就像我想起你時，不知道
你在天上，還是
人間

2017年2月2日

月光

今夜，元宵前夕
你等不及的要秀出
美麗的嫁妝
偷偷撥開雲霧
尋找，如意郎

開著車，繞著蜿蜒山路
遇見林間那柔情萬千，迂迴蕩漾
在攝氏21至23度
Janda Baik的懷裡
你的光，暖心房

我為今夜的月色
著迷瘋狂，無懼地向前奔放
清醒時，迷失友人家的方向
驀然回首，羞答答的你
躲進厚厚的百家被
不敢探頭，與我對望

我嘲笑你這膽小鬼
只是小事一樁，手機有Waze
何必驚慌，何必驚慌

2017年2月11日

註：Janda Baik，位於馬來西亞彭亨州文冬的一個小村莊。

戒你

收到你送我的巧克力
二月份過期
牆上的日曆已是三月八
苦笑，在秒針走完一圈
決定戒掉，甜

甜，會帶動血糖升高，HIGH至頂點
甜，會引發蛀牙，導致過胖
甜，她滿足了美好的想像
跟戀愛一樣

甜，夾帶著五彩繽紛
藏在潘朵拉的盒子
我將箱子打開
遇見過剩的甜，無法代謝

於是我患上喜憂綜合併發症
無故歡天喜地，偶爾躲在廁所哭泣
神精過敏，人變小器
視線模糊，白天只看到影子
和會走動的，屍體

病入膏肓？

決心戒掉甜，宛如鐵心戒掉你
簡單的方程式
放開你＝還原自己
2017年3月8日

信仰

給義無反顧許個未來
在我有生之年
可以停止，追逐

愛，種在信仰的基石
等待發芽，不敢打擾
原野上，自由奔放的你

思念是一條江河
朝朝暮暮，滔滔不息
一點一滴匯成，僅有的養素
我，正努力為你準備糧倉
守候疲倦的馬蹄，停歇
溫飽休息後，再朝曠野奔馳

因為信仰，我停止尋覓
即使等不到花季
即使只剩沙塵
即使啊即使
最終，毫無關係

2017年4月13日

會不會

你將離去，搭乘一輛舊式的蒸汽機車
直覺這樣的告訴我

今天炎陽灼虐，會不會傾盆大雨
今天熱浪頻頻，會不會天降冰雹
今天萬里晴空，會不會，會不會
碰上天狗食月，野狼哀嗥

我，會不會因此而窒息
需不需要藉助氧氣筒，呼吸
我，會不會全身乏力
酥軟得連拉住你衣袖，毫無餘力
會不會，到底會不會
一蹶不起，沒了聲息

太陽從東邊升起，西邊落去
早晨鳥兒放聲歌唱，睡蓮綻放
只是睡意正濃，賴床
並非，死去

2017年4月17日

當下

曾經烙印眼底的畫面
在片刻的停頓，某個轉角
欲言又止中，走遠
曾經的肝膽相照，輕狂年少
乘著光速，墜入深幽

昨日種種
在撕掉的日曆
在黑夜趕赴黎明瞬間的相會
你已身在異鄉
醒來，遇見全新的詩章

當下，我畫了個句點
當下，完成一首詩篇
當下，那張戰戰兢兢
窺探世界的臉，已身處頂尖
當下，多少個身心升起幻滅
伸手抓不住散亂的念頭——幕後的推手
儘管風起雲湧，都只在
呼吸間

2017年7月15日

自然の法

熱帶的陽光和雨水
戀人漂浮的情緒
造訪時，不分四季

芒果樹漸漸長高
愛情為玫瑰含苞
開花結果，是自然
春天飄著冬天的雪
雪泥上萌芽，是自然

呼吸，是自然
呼吸停止，有一天
是自然
無關愛與不愛，好與不好
無關對與錯，誰又是誰

2017年10月21日

青

青，是礁岩上的似水柔情
青，在蛙鳴中等待公主甦醒
青，是池塘裡嬉戲的魚兒
青，搖著春天的尾巴喝可樂加冰
青，在阿嬤額頭上滑雪
青，是稚童凝望專注的眼睛
青，在轉角間遇見甜美的微笑
青，是電線桿萌起嫩芽的聲音

我，是一抹青
在鋼骨叢林的背後
注視著往往來來
緊張落寞的，神情

2017年11月13日

楊世康

詩作

掌中的流螢

從空迴的電話筒中
我又聽見
你的淚中被鼻音濺開
日記簿裡
文字和啤酒唇齒相依
工作是戀愛的另一項實驗
證明經得起考驗的人
越能享受其間的苦樂
生活像電影
被虛有的假像充塞
想必今夜你淚水難眠
請想起我這
以文字雕刻歲月的人
無意刮傷了嘴臉
仍然微笑琢磨

走在
交替的路上
只怕盲點
也會把思緒錯綜複雜
路，不好走也要
風雨繼續
以蝸牛的緩速
步向來時路
用心的微波解凍你寄來的書箋
文字在溶解後的淚水中漂浮
待我以烘乾才能解讀

你說痛苦煮咖哩
調上淚水，辣中帶酸
最後一碗未吃的留給我
酸辣中，我深深感受
體內騰滾著一股
寂寞的　宿命的　感嘆

悲情中，你不妨玩玩看
以手來行走、眼來思想、腳來說話
以鐳射唱碟的旋轉輕鬆
以編修無聊的廣告詞語
去重新生活
穿了新衣就會美麗
請你相信：
地球是可以倒轉的
不因為你我是超人
而是我們把模型的地球反轉了

夜深了，你說：
怕黑是悲絕中貓躡的投影
我隨手從心掏出
會燃燒光輝的一群流螢
然後說：
抓在掌心裡，牠就會
衝成煙花化為永恆的星光

戀

我的暗戀，折成一隻蝶，我讓牠飛進你的酣夢
夢鄉中，你的呼吸拉弦著愛神的戀曲，擁舞的節奏
那清盈的歌聲，告訴飛翔的彩蝶說
你是我井底苦盼的情人，你是我尋回玻璃鞋的情人
當童話夢醒，你仍是我深戀的夢中人

而你的愛，折成一隻流螢，飛進我入夢的窗口
夜夜躺睡在我的耳畔，敘說一樁樁愛情的夢囈
天明之後，你又把愛折成一雙飛鳥，在我的天空
久久飛旋而不願離去，直到天黑

當我們相遇時
便把自己折成孔雀
在起飛的一剎那，你必看見
原來天生一對不是偶然
而是彼此明瞭飛躍的速度
和角度後，才能在飛天時
疊成一隻共影的雀飛

天真的貓

（一）

眼光藍藍
疲憊時把自己睡成一首詩
躺在你碧紋的搖河上
我常常夢見夢是一隻小魚
引著我的垂涎四處奔跑

（二）

我原是一隻愛睡的貓
只是為了追月光
我常常忘記貓是沒有翅膀的
一飛就不懂得搖籃的催眠
在搖籃以外
我常常把夢想貼在
那月光的明牆上
讓光度析透了自己的夢想
還有那藏也藏不住的天真

絕響

我常這樣感動，因為你
因為你的聲音，偶爾你是輕風、顏色中
偶爾你是雨絲，不因巧合
經常我這感動
鯉魚跳躍為了捉明月
白鳥潛水為了捕星光
全都是圓滿的欲望，我這樣感動
不因巧合，在完美以內
高音如此容易感動
我夢中的秋葉也如此容易
鐘聲啊，鐘聲流四方
某個音律成了絕響
因錯誤
因相遇
因小小的你
響透我的生命

對岸，霧散了嗎？

霧散了嗎？
椰葉上的濃煙還忽隱忽現
為何涼風遲遲未來呢？

霧，要撥走後才好
這樣城容清新，島嶼與島嶼間伸手的問候
才能化為蕉葉上的含笑淚光

我的微笑，是霧走後的清雨
把苦澀的枯葉滋潤
把乾旱的井口充滿
那一場雨，把淚淌的唇角洗滌

如果
山風和點火，最後仍不能讓步
山林烽火漫漫
便燃燒了歷史的頁角

關上電視，走到海邊
對岸浪濤
沉泣
悲歌
我如何才能平靜熒幕上的嘶喊

我希望對岸的夜城謐靜
因為，甜美的夢足才會走過
我希望你們能從亂霧中
走進我這詩的清靜

愛情物語

（一）

他剃去他的鬍渣
用失戀的眼淚
滋潤隱痛的肌膚

（二）

墜落在電燈柱的風箏：
有人在扯起飛的線
割下醋意的斷裂

（三）

她邀請我進入乳房的盛宴
在垂涎的色香味中
我發現一隻腐爛的蒼蠅

（四）

我期待，我呼喚妳：
在風中蕩漾的柔髮
綻開出一隻絢爛的蝴蝶

（五）

祝英台的眼淚
濕潤了羅密歐的墓碑
愛情翻越了時空

（六）

愛情是壹隻蜘蛛
編製溫柔，也編製
錯綜自纏的情網

張樹林

詩作

傳遞

在寒流的寬袖裡
我們再度相逢
訴說不盡的溫暖
像那唯一的燈
讓人遙遠便感覺溫暖感覺親切
讓我們握一握手
讓我們傳遞彼此的暖意
在下山時仍然憶起
這寒山上
僅有的
沒有寒意的相聚

記憶的樹

不知道終點在哪裡我走來
不知道相望是什麼妳走去
愛情，是一尾魚
在不明的夜裡溜走

樹林是風景，也是臨別相望的阻礙
不知道妳的身影在那一棵樹背後消失
像一尾帶鱗的魚
滑進水聲裡
總不知是從哪個失神的縫隙溜去

燈火亮了兩岸
不知道那岸是妳的家
一個電話掛斷了兩岸訊息
像輕輕地掩起一卷書，再也讀不下去
原來愛情是叫我如何看妳離去

原來妳是一棵樹
在我的記憶裡無法連根拔起

迷失在山霧裡

如果山是一彎母親的臂
如果霧是一層美麗的隔閡
如入小徑走入霧裡
我是長駐林中的樹

我願迷失在這裡
讓歲月如雨
從斷崖急湍的捲走

冷冽的風景裡
我們曾經是一度相逢的山水
像樹和葉的眷戀
只有綠色是共同的語言

這樣的霧裡
聽得見風的交談
托冷冷的山霧
觀看世界

蠟像館

畢卡索來了
愛因斯坦來了
莎士比亞來了
甘地來了
國父孫中山來了
毛澤東主席來了
鄧小平來了
胡錦濤來了
習進平來了
李光耀來了
奧巴馬來了
希特勒也來了
「怎麼蔣介石還沒來？」

人齊了就開會吧！
家事國事天下事
哪一件不是咱們說了算？
打了那麼多年仗，你不累嗎？
鬥來鬥去你死我活，最後還不是都得來這裡？
縱橫天下又如何？
香港回歸了
澳門也回歸了
外面的世界變了樣
馬照跑舞照跳，新葡京賭場照開張
咱們管不了囉！

人齊了
倒不如開檯搓麻將

中發白飛飛飛
哈哈！這次還不輪到我吃糊?!

觀電視連續劇

一個皇朝的興衰
只在五十二集
如果一集是四十五分鐘
只需2430分鐘
就已可斷輸贏，知結局
數百年的歷史可以改變
情節可以重新安排
結局可以重寫

是善是惡
如何戀愛如何生離死別
都在一念之間，早有安排
同不同意，喜不喜歡
由不得你分說

有些人可以一生幸福
有些人卻一世悲慘
有些人一生是主角
有些人一生是丑角
是禍是福，與生俱來

控制器在我手上
看不看由我選擇
可以快速跨越
可以倒速重看
可以暫停可以關閉
哪像人世間的紛紛擾擾
都由不得你！

香港燒鵝

就是這味道
老師傅從家鄉帶過來
飄洋過海
從幾千里路外的家鄉走來
原汁原味
翻版的那隻鵝

還是那味道
帶一點鄉愁的濃郁芳香
藏一點原鄉秋天到來的濕潤
混和一點夏天的狂熱
還有春天的花粉飄香

香港的氣候不能馴服他
香港的水質沒有改變他
香港的霓虹燈沒有迷失他
他還是他
至死仍撐起鍋蓋的
那隻
鵝

與夢共枕

半夜醒來
驚見一個人，曲睡成一枚魚鉤
宛似倒掛的問號
就在我起身後的那個位置
和我共用一個枕頭
逐漸老去

我聽見一種聲音
如童年時收藏在火柴盒裡的蟲鳴聲
以及
窗外傳來童伴叫著的乳名的呼喚聲

一陣暴雨
強暴地洗刷大地
一條街一條巷
喧嘩得如酬神戲裡的大鑼大鼓

我仍累得想再睡
卻怎樣也睡不回
床上原來又窄又小的
床

張玉琴

詩作

誠品，有你在

翻開寶島鄉土味
歡天喜地收穫你的名字
滿身疙瘩裹住逼人靈氣
媽媽的目光為你追蹤徘徊
慾望的天空為你癡醉

寒風冰冷飢腸轆轆
紙上尋味祭奠五臟腑
闖入的第一次，手握的第一本書
掀開的第一頁，躍入眼簾
釋迦果，與我結緣

子夜窮遊精神糧倉
夢裡擁抱一座書城
流浪千里遇見
冬天，暖流激蕩在《誠品》

愜意

雨後探出頭來互相打招呼
蚯蚓蠕動彈跳轉圈
赤裸裸穿梭纏掛在密網間
享受懸浮的樂趣，姿態柔軟誘惑天敵

夜裡落單的蛙兒　沉默
徒步在池邊上　等蚊子
沉澱了焦慮的心情　不再高歌
低調節制　耐心尋覓蟲蹤
值得歡呼的季節　尚未到來
神情投入，除了專一，還是專一

螢屏上，跳出來，沒完沒了的資訊
雲一幕，雨一幕，霧一幕，陽光又一幕
恍然聽見宇宙運行的聲音
智能手機已佔領了人心
萬物生命自由探索
無我一身輕

感冒

楓葉如雨下在心裡
任性的靈魂在感冒
窗外大雨淋漓
笑你不棄不離

帶上老莊，往心靈故鄉流放
泡一壺夏桑菊，喝了，解氣

不清楚

我走入了一幅水墨畫裡
越來越清晰的是朦朧意境
雲霧縈繞，輕拂，沁人心脾
你說不出山的容顏
水氣氤氳映襯彩虹霞光
一步步靠近你
我摘不下你的面紗

原來朦朧就是真相

你說你……

在你眼眸裡，我看見自己的映射
戀人抬頭看月亮

所有的月光都化為對方身影
圍繞你，柔和，但把你的心燒焦

陰虛火旺讓你暈眩
胡適大師戒了相思又犯相思
心理學上說是，寧可不靠譜
折騰自己，活在夢裡

趙紹球

詩作

古老的井

此時，誰仍在林中神守
誰已不再敲他古舊的篤情？
一隻守林鳥，已倦累
而一隻哀怨的蟬
用他月光的翼，淒淒地
哭醒一口古老
而且微瞎的井

悠柔的夢境，自湄旁滑下
那麼多老去的記憶
再想不起開頭了
當提著螢火和星燈的時候
他總錯疑自己，早已
悄悄死去

如今，他悠悠醒來
開始發現，他已沒有水的記憶了
只有一個穿上青衣
生鏽的桶，空洞而
無奈地躺著
他從前錯誤的
投向

在深夜的盡頭
在林子的盡頭生命的盡頭
在歷史的盡頭
他的理想，已完全
破滅

他只好偷偷飲著
沒有知覺的
月光
然後，痛楚地
死去

1987年8月21日，居鑾

80年代圖書館一隅

那時，佛洛依德就經常鬧失蹤
或者潛伏在某個夢境的角落玩迷蹤
光天化日之下，用西化的中文
調侃著周公的大夢

夢不是這樣解的
吉凶禍福無法解構夢境
不是姬跟旦的問題*
因為一切有意或無意的動念
都跟他的潛意識拉上關係
原來性才是他的潛規則
所以，你的夢正包藏著你的自我
　　　你的自我正洩漏你的本能

以至於讓每個人本能地
都變得色色的……
連夢都不敢提去見周公
只好躲在圖書館的一隅
偷偷地跟他竊竊私語

2011年1月19日，吉隆坡
註：周公，姓姬名旦，生於西元前1100年。

愛情木馬

溫馨提醒：愛情木馬
偵測到疑似異性軟體，可能對人腦造成威脅！

溫馨提醒：當你發現
能揪起好奇心的
任何異性軟體
當心！千萬別隨隨便便
輕易打開你的靈魂之窗
以進行滿足窺探開檔

否則，後門一經撬開
將被無聲無息地植入毀滅性的
愛情木馬……
那一瞬間，將讓你神不知鬼不覺地
不由自主地混混沌沌渾渾噩噩

登時腦門來不及回應不說……
靈魂出竅在剎那遭綁架，以至神遊方外
祕密檔案不設防被勒索，從此打亂方寸
生活備份全數惡意被駭，甚至不可方物
自我意識通通繳械移除，同時模糊方向
無法登入正常模式運作，並且迷離方陣

直至萬丈深淵
運氣好尚可稍後再試
最終萬劫不復
搞不好就要重灌本體

打開前請三思，並自行判斷願意承受風險！

2016年7月14日，永和

一隻在深秋裡叫春的貓

隔壁的花貓
躲進凝香浮動的桂花樹裡
尋春，露都還沒來得及結
秋老虎就迫不及待地四處
狩獵，不解風情地乍泄
貓的藏春意圖
風景
被煞了

微涼的巷子無風
靜得連鳥雀都商量好
噤聲，喜歡卻又有點討厭的
溫度，瀰漫整個空間
原本想要說點什麼的
竟然就此
打住……

2016年11月6日，永和

用簡體字寫詩系列

岁（歲）

夕阳，下山了
山下，连仅存的
余晖，也随著
光阴，戚然而止

2017年5月13日

丰（豐）

明明就是赵飞燕
你就偏说杨贵妃
这下可好啦
再丰富的审美
也只剩下一串三围

2017年5日14日，永和

丽（麗）

一剪蛾眉迤逦开来
一双勾魂摄魄的明眸
不经意夺窗
而出

擦亮眼睛正待回神
心里乱撞的小鹿斑斑
竟遁形无影
无踪

2017年5月18日，永和

孙（孫）

嚯！五百年来压根就沒人
敢小噓俺当系
小～子！

啧！这小子到底何方神圣
在老孙面前装
孙～子？

2017年5月20日

鄉愁三味

班丹葉

移居我住所的班丹葉
獨守側門一隅，想家了
就催黃一片葉
散發縷縷班丹香

遇有風的夜晚
把香張揚
趁有雨的日子
將香凝住

在不一樣的泥土上
故香，依舊……

病中稿－2015年5月28日

烏龍白咖啡

以滾水的熱度
為黑白兩道調情
期待混搭另一種
生活趣味

在咖啡裡找茶
驚艷。入魂
在烏龍中辨白
驚嘆。出竅

原來這樣可以讓
味蕾，在無間道
浪漫切換

2017年7月25日，永和
註：嘗試用烏龍茶泡白咖啡的試飲心得

肉骨茶

一道香，牽動
離鄉骨肉的腸，嚐出
膩膩的當歸叮嚀

一口茶，掛起
背井肉骨的肚，品出
解膩的落葉祝福

2017年9月9日永和

松下雲深

　松姿已睡成了濤聲
　　下風處，來者何人？

問世間難解的人生朝露，眼前
童童的針衫剛換不久
子矜無縫的思念如同太陽依約上山翻筋斗

　雲開，游到四海去了
　　深深不語的天籟都棲息在樹上

不見山，只緣人在山中
知道山，卻因人在山外
處在斷崖與斷掌之間得過　且過

2018年1月2日，永和

鄭月蕾

詩作

那天你來向我道別

那天你來向我道別
凰凰木在陽台外絢爛盛放

午後的街道因充沛的陽光而終於
漸漸揚起塵埃微微
我們坐了整個下午
多數時間顧左右而言他
偶爾也談談過去
階前一群小鳥在爭啄麵包屑

然後各自分飛

未及

常常，夢裡有一片沙灘
灘上有數不盡的水紋
常常，我疑慮的分析這一片沙灘

迷惘的上岸
我夢見你踏上燈船
我仰面而望
船卻飄然遠引
為一聲來不及的呼喚
我久久不想言談

午後短訊

（一）午後

二月
在陽臺
春天的雨露此刻正重重地
落了下來，一群麻雀
因為驚悸一朵花的蒂落
在爭吵不休，隔座有人

飲酒　作樂

（二）訊息

來信說異國的氣候很陌生
下午五時半天色已暗
颱風和地震
卻在秋天裡發生
那一刻你無法不想念家鄉
常年的盛夏
——老爸和晴晴

異域的黃昏恐懼症
如喝下一杯濃咖啡
迅速
流通體內密佈的血脈

（三）階下

這純粹是風景不是心情
時間是午後五時，多一分鐘
天地仍一片通明

一個女孩坐在樓梯口
拿起一本詩集
不知道該讀些甚麼

階下，幾個行人
緩緩走過

城中的江湖

回首

你可曾在半夜裡悠悠醒轉
放眼望昏黃底燈如昔日的黃昏
如此湮遠又仍有餘溫
恰似古老而最初的
信封，信息不輕易外洩

你可曾如髮絲散落滿枕嘆息
一如三月的盆栽埋怨春天去得太快
彳亍在暮色裡
在沉默的溪頭
聆聽一些
熟悉而又不易被人解的
句讀

月正當空，你可曾懷想敻遠的山峯
從山上回來的人
都愛遙指青山說青山
不老，再回頭
已是浮生最遠的一段離愁
像失落在古代的樂譜
不想也愁

嬋娟

八方的風雨都朝向這一季秋
真不曉得你的世界是否也有
夢和理想
抑或毫無主張，奔向
風底浪漫
掩卷埋首總覺得
月始終信仰於一座山
細細談談
自成韻色

二十一行詩

好像浪花拍擊岸邊的澎湃
雨季一旦成形便不肯休止
有人說想起雨會有一種疲憊的感覺
我說最疲憊的莫過於承霤
沒有選擇的自由

這時剛好是晚飯過後三分鐘
屋內幾個婦人
正果敢地建造七座圍城
有一聲，沒一聲地敲打著
快樂地學習越野和突破

晚煙已靜靜地降落在山坡這邊
屋外幾個孩童
勇猛地爭論著一些不成理由的理由
罵聲、哭聲、打架聲
自街上那邊傳來

時鐘指正十點響完了十下
圍城終於倒了
人也散了
雨，明天還是會照樣的下
我說，最疲憊的莫過於承霤

沒有選擇的自由

六月背後

沒有甚麼令人激動的訊息

那是夜晚
我們隔著陌生的審視
燈火，來自兩岸
我們決定不談風，不談你
當時我們剛好站在橋的中央
聽潮浪拍打
蒼涼的海湄
和六月背後，輓歌的音節

嬋媛

打開地圖
我想讓我的心情去流浪
北極有光，長年積雪
打開地圖
我想念我自己

寂靜處，有人借用管簫
傳遞，幽遠深邃
曲懷楚辭，讓九歌再度唱起
在南方
北極有光，煙波邈邈
我開始懷念我的故鄉

打開地圖，渡湘水向南走
讀不出離騷的味道
菖蒲也是，走進歷史

四十五度展翅

初秋晴朗的七夕
在太陽還沒下山的黃昏
下班的車輛在列隊趕路
雲朵也是，在山的那頭

草場對岸喜鵲競相報導
晴空萬裡，七夕沒雨

時間到了，喜鵲最急
靛藍參白的羽翼
展翅
以四十五度飛姿
凌空
斗然而起

周曼采

詩作

不聽話的思念

冰凍粽子留給海外的你
蒸熱粽子呈給回家的你
咦　粽子少了思念的味道
噢　它在冰凍前溜出去了

七夕

（一）透透氣

娘子啊
今夜讓我獨返
多年父兼母職
單親確實不易
換我歇歇
明年七夕
再接孩子回去

（二）暗戀

自從上個七夕遇見你
我開始倒數這一生有幾個七夕
能再與你相遇
任牛郎或織女踩踏
也不介意
只要靜靜的飛到你身邊
望著你　足矣

（三）為難

相公啊
一年一日聚
別問我
想你還是孩子多一些
凡間婦女乞巧
啥都有，就是少了女紅
讓我傷透腦筋

沉默的大地

五十萬張照片裡的一幀合照
我藍袍方帽，臉上散發光芒
您卻面無表情，沉默如昔

長大後　我漸漸明白
有些愛　需閉上眼睛　才能體會
一如大地永遠沉默
她的愛卻紮實厚重
孕育著世間種種

歇息

雨後
蘑菇處處
像在綠草地上
撐了一把把傘
給過客
遮遮陽
避避雨
歇歇腳
吹吹風

揮別

什麼時候
螺旋槳
揮別海洋
卸下沉重行囊
插上輕盈翅膀
大地上　靜待
風
開啟　旋轉律動
迎向另一個
未知的旅程

鋼索線

海拔六千公尺
鋼索線上獨行
影子和雲朵結伴遠行
終點不露蹤跡

歇歇吧
一把聲音不停呼喚
歇歇吧

背上遭遺忘的降落傘
徐徐下降
陽光透過降落傘
七彩映輝
我張開雙手
擁抱微風
隨風共舞

松樹溪流
朝我招手微笑
綠野把我接著

靜躺草地
輕聞泥土的味道
傾聽遍地野花歡唱
仰望空中的鋼索線
決意與它道別

扇葉的小心願

我依著你的呼吸韻律
隨你身後
不敢驚動你
維持不變的距離
只盼你　望我一眼
你顧前進
不曾回頭

我祈求
來世化為秒針
和你窩在時鐘裡
每次相遇後
開始倒數
五十九秒後
與你對望那一秒

愛　在時間裡
滴答　滴答　滴答……

火焰木籽之旅

躺在山間綠草地宣告旅程結束
被問起名字　和帶了什麼手信
旅程歸來　沒攜帶任何手信
名字　也憶不起

層層記憶裡搜尋
憶起媽媽替我們裝上晶瑩剔透的翅膀
整齊的排進精緻的小木船
裡邊放了個衝浪板

火焰木寶寶
媽媽是這樣叫我的
我喜歡海
但使盡力仍提不起衝浪板

乘風啟程
隨風流浪
落腳後
風告訴我
海　似乎遠了一些

我略帶歉意回答你
與我相隨的　只有
風的訊息　與沿途回憶

你請我送你
編寫在火焰中的風之訊息
拷貝在呂翊利得沿途記憶

請你耐心等候
某日　我將請孩子
把這份手信　另加祝福
乘風
遞給你

小小夢想

我有個夢想
它
藏在心田裡
浩瀚的宇宙間
我顯得渺小
它
比我大
比天高
比日熱
你好奇的問
它是什麼
我神祕的答
它
是個祕密

周宛霓

詩作

端午閃詩

（一）古人GPS

千年前　古人投入了粽子GPS
追蹤一直從汨羅江　發出的
屈氏訊號
它不斷的發出那微弱但持續的……

至今　已經　N年了
還未尋獲　您的蹤影

2017年5月30日

（二）尋人啟事

尋人啟事，名單裡
姓屈的
唯獨您一人
粽影處處　處處粽影
您　何時才會出現

2017年5月30日，同善醫院

（三）機密

裹著的　到底有什麼機密
不可漏出的可能是
那橙色的，曾經跳動的
噢　機不可洩
該把你紮得緊一些

2017年5月30日，同善醫院

華麗轉身

聽說　午夜時候
您將華麗轉身
今天將由您輪值
毫無保留的閃耀
下一回，是明年的今夜
我仰頭望著
今夜的天狼星空

2017年6月5日

閃鑽

說好了你我肝膽相照
在超聲掃描之下
你發現了　我有另一個它
其實那是我為你熬製的
有朝一日，閃亮的鑽石

2017年6月5日，同善醫院

一日三詩

（一）一日三詩

今天暫時三首詩
如果，它可以賣點錢
找口飯吃的話
如果我的業績
訂單也一天三張的話
那還能不能一日三詩
來個雙線生產，哈哈
來個詩業與事業　蒸蒸日上

2017年6月5日

（二）吻別

我想隱遁於那個冷卻的22oz背後
美式咖啡，早已不小心讓我在
上個世紀喝光
隔桌阿伯的小米手機播放著
So kiss me good bye.……
不停的穿越於60年代美式名曲
我想就把時間停頓在此
暫時忘了一日三詩

2017年6月6日，天山咖啡

徐志摩與你

（一）約定

午後，我回到你的故居
尋找，尋找蛛絲馬跡
雖然屋裡沒有了昔日的蹤影
卻聞到一絲絲生命的氣息
我找到了，找到了
你的日記
某年某月某日
你在康橋　與徐志摩有約

2017年6月7日

（二）偶然

夢裡　在一個悠悠的午後
我和你擦身而過
那是你
與徐志摩道別之後
乘上停泊在康河
名為即將啟程的偶然

你眯著眼
回頭對我微笑

2017年6月8日

孤花

蝶兒蝶兒
讓我看看你舞動的翅膀
喜歡那清風打在我臉上
想像我也和你一樣
自由自在，哪怕天旋地轉
蜂兒蜂兒
都來吧，親親我的臉龐
送上我全部的香
把我裝滿你的行囊
鳥兒鳥兒，靠近些
讓我聽聽你為我歡唱
哪怕是甜言蜜語
就讓它澆奠我短暫的春天

2017年6月19日

越南會安之行

（一）會安的招呼

我獨坐古城一角
遙望三輪車轉進另一個空間
突然有人在我的頭敲了一下
我急忙回顧四周
看，誰那麼佻皮
原來身旁的老樹
在和我打招呼
用它的金黃果子
告訴我這個炎夏
謝謝有我相伴

2017年6月27日

（二）遮陽

如此炎夏
天天艷陽
花卉彷似熱帶圖案
萬里晴空，藍色
可一點都不憂鬱
我撐起傘
為我孤單的影子　遮陽

2017年6月27日

（三）別跑！

我走在古城
尋覓那個
向我借傘的人
他把我的詩稿
抄在傘背上
別跑！把傘和詩，還給我！

2017年6月28日

（四）延續

悠悠的炎夏
他撐起紙傘
走遍古城老巷
手裡握著她留下的花扇
心裡思念著當年的心花怒放
尋覓她昔日的倩影
延續那個短暫的相遇
那個炎夏的浪漫

2017年6月28日

七夕閃詩

（一）隨你

說好了　見面時　不看手機
就算千言萬語　和　說不完的情
只要你深情眼睛
記得把4G和位置系統熄掉
我換了新織的布鞋、玻璃鞋跑不快
這回不要被逮到
我隨你到天涯海角

2017年8月26日

（二）乾杯

啤酒紅酒女兒紅
我們盡情地喝吧
在鵲橋下　又見面了
不醉不歸　來吧　乾杯！
為那　該死的神話
為那　生離死別　的永恆
問世間　情為何物

2017年8月27日

日記

當夜晚，比白晝漫長
白晝，比長夜漆黑
我看到，那困惑的雙眼
忘了時鐘，廿四小時
順時與逆時，的方向
生活的大小驚喜
不是理所當然
是倒掛的壁鐘
滴滴答答……不管對或錯
雨過天晴，彩虹沒出現在窗外
窗外你種的向日葵，許久都不開花
是否，與太陽失聯了
還是忘了太陽的溫暖
焉知　你不在盼它花開

守著燠熱的長夜
一邊寫著，原本
屬於你明天的工作日記

2017年9月26日

周偉祺

（1969-2015）

詩作

落荒歲月

誰不是
徒步
走過
歲月的青山

恍惚中看見
當年
我們紮營
猝不及防的大雨
還有
不可解讀的
流星
願望

不再
徒然前進
臉書是怔忡的碼頭
聆聽潮水　交響
淚的滴答
忘了對岸
是與誰
相望

2014年9月15日

下載一首詩

凌晨五點十九分
接到一個下載通知
今天不上班
卻從夢中驚醒惶恐不安

訊號不清來自火星
我只好走出門外走在地球的赤道上
閃啊閃的星子在天際叫我等……
等啊，太陽黑子散盡

終於載下了
一堆字句依稀的
一幅意象紛擾的
一叢亂碼

（「詩的解密」應用程式二十年不曾更新……）

我從工具箱取出了
剪刀石頭布
坐在路旁
剪剪敲敲
貼貼

起來
好像是首詩

2014年10月18日@home

我與蜘蛛

一隻蜘蛛
淘盡了心絲
用Soho的方式
張羅它的日子

它自給自足
只等一隻蚊子
填飽肚子

再釀滿腹的絲
想像明天更大的蟲子

我也費盡了心思
捕一首小詩
看了又看
再釀一個小時

釀著下一首好詩
總不能不如一隻蜘蛛
至少可以成全我
下班後
小小的日子

2014年10月24日

夢裡的平行宇宙

夢是平行宇宙的總站
無數的自己匆匆的交會
久違的重逢我們
互換了角色
和彼此的故事

時間有限
我們都忘了互換名片
列車就開走了
開往各自的無明的宇宙
下一站未必再見

2014年10月26日

小章的變奏曲

每一隻蟑螂看起來都一樣
無聊的在衣櫃裡偷生
得意的在高高的牆上
覺得很安全

牠們平凡得懶惰得連名字都沒有
命不命運都差不多
天堂地獄都無法註冊
還有什麼關係

如果有一隻會寫詩的
筆名就取小章
牠一定是銀色的
一定是後現代的
會得一個諾貝爾文學獎

因為有了名字也會寫詩
小章開始在乎牠的命運
詩集的銷路還有
會不會在昆蟲博物館裡留名
最重要的天堂有沒有
update了牠的名字

2014年10月20日

未央歌

我不是
無所事事而寫詩

我只是過盡千帆
跋涉了千山
想起了
我還有詩

不必坐擁江山了
就用一支禿筆
過濾了苦澀
用文字
填補生命的殘缺

在人潮的熙攘中
在一片狼藉中
在沙啞了的吶喊之後
我試著
以一篇完整的詩
繼續我
未央的歌

2014年12月4日

一個下午的光年

何必製造一艘宇宙飛船
我只要兩杯拿鐵獨坐星巴克
一張角落的桌子一首詩
用一個下午的光年
去到獵戶座的南端

我的飛船順便就叫
「鐵拿尼號」橫跨一座
銀河的冰山
我只是打了個顫
不確定是誰
吃掉了我的果凍蛋糕

我想是妳來過了
你的咖啡也冷了
我拿到櫃台說：
加一些冰我要打包

2014年12月13日

文字造型師

我是個文字造型師
常在後台為她試衣服
我有我的意見
根據學院的標準
觀眾的口味
靈感的劇本

往往就要出場了
淘氣的她不願穿上
公主的禮裙和高跟鞋
就這麼Mini skirt
赤著腳出場

我也沒辦法
駕馭這首要裸奔的詩

2014年12月19日

卓彤恩

詩作

荊釵

你外出
折了荊
製成釵

你說我
荊釵布裙
既已脫俗

我說我
沉浮與世
孑然一身

千年前
湘水邊
早已為你
歌采薇，流血淚

水邊的竹精，
攙著我。
淚流滿了她的衣裙。

裙上
顯出一朵
紅芍藥。

知否知否，
妾不願努力加餐飯，

只願越到銷魂處
隨他去。

2017年3月1日

緩緩陽關

待你更進一杯酒，出陽關
月落西沉　日出東荒

晨起，烏髮半掩面
氣息流轉　便是宮羽之態
指尖輕拂髮絲　箜篌聲響
在指尖滑過

待我理好儀容
妝成髻就，續譜音律
只願曲就人還

我將在你歸來
輕束裙帶，背對你擊磬
容你緩緩　方見顏色

2017年4月21日

立冬

杏葉慢慢黃了一遍
等著落下
小心翼翼地踩在地上。

碎玉不成片
被風吹走

你告訴我
這還沒完呢
還有紅色

你說
洗滌兔絨衫後
指關節間透出的血絲
發炎了，得抹藥。
隨即裂痕中的血絲
染紅了葉

2017年11月8日

瞳孔

你
拽起髮梢說
我要送你一幅畫

走到窗邊
殷紅似血的山丘
紅葉漫天映入
瞳孔

陽光輕灑光彩
把光點滴在青絲

我的髮絲有點褐
是瞳孔的顏色

你說　秋天很短
青絲很長

記住這幅畫
好嗎？

2017年11月12日

失溫

化雪的夜
你離開

禱告詞
在腦海裡旋轉
我跪在中世紀
愛洛伊絲的墓前

媽　雪化了
怎麼辦？

兒啊
你的手怎麼那麼的冰
那麼的涼

2018年1月10日

凍瘡

指關節又裂開了
這次　旁邊長了一朵小玫瑰
一碰就要被刺
拿起剪刀　你要往它下手

留著吧　不
留著這盛開在冬天裡的嬌豔

2018年1月11日

歸去

終於打開了大大的行李
準備往裡頭
裝滿這裡的寒氣
再帶上很多的
有文字的一堆堆的紙
白襯衫　牛仔褲
小妹的黃色裙子

而我
最想帶回的
其實帶不回了
語言在腦海裡一直打轉
靈魂在雪夜中飄逸
課室窗外
臘梅還是開花了

在離開前夕
偷偷將一切藏在
冬季太陽中
一切化作
冰湖融化的暖意
布穀鳥在叫

2018年1月17日

【後記】
我看到雪亮的眼睛

李宗舜

天狼星詩社自上個世紀七十年代成立以來，長期沒有定期出版詩刊，除了每年出版一本詩人節特輯及不定期出版期刊外，只有在一九七五年至一九七六年期間，出版五期天狼星詩刊。

詩人從事文學創作，尤其詩創作，長期與繆思對話，內心寂寞，常常和現實生活格格不入。那麼多年了，總是有些期待。那些還沒熄火停工的社員，每天都在仰望自己攀爬不到的高山，感受天空下多變天氣的冷暖，期待已久但力有未逮想出版詩集往往被一盤又冷又酸的冰水潑了下來，新進社員則因客觀環境存在而無法如願。基於此，我在去年的社員大會上毅然提出，出版詩選的迫切性。前行代和新進社員有本厚實的詩選，把作者生平最得意（滿意）和最有代表性的作品收入，感覺會很踏實，可謂當仁不讓，不負初心。

這樣的計畫終於在半年後落實，感謝四十位參與的社友全力配合，在指定的截止日期交上作品，資訊組吳慶福協助編排目錄，使得出版的前行作業提早完稿，更要感謝總編輯任平兄的不眠不休，為這本詩選費心勞力，視這本大書為自己生命詩章，詩在，人在。

羅蘭巴特說過的名言：「作品產生，作者宣告死亡」，更大意義在於個人創新、創意和筆耕不輟，不斷自我超越，而在這本選集：

我看到每支健筆
力透紙背穿梭

在佳句的行間感嘆駐足
我看到雪亮的眼睛
凝聚成激光飛越
五湖四海
我們從不曾錯過
絢麗的風景

2018年1月28日

作者簡介

（註）本詩選係依據拼音輸入法排列作者順序。

白甚藍

原名黃雪慧，1995年生，祖籍福建永春。

畢業於南方大學學院中文系學士學位。

曾獲2016年第四屆「宗鄉青網絡文學獎」小說組安慰獎。

陳沛

字秋水，號沛公。1975年生，祖籍福建省廈門。

1998年獲泉州華僑大學旅遊經濟學學士，2001年獲旅遊管理學碩士。

2003年加入WEM國際運通地圖出版社有限公司從事《馬來西亞繽紛旅遊指南》、《馬來西亞旅遊地圖集》和《世界地理地圖集》的編撰工作。

2004年加入大成有限公司，擔任社團公關及總裁私人助理。2007年任大成集團私下子公司振業有限公司董事，負責集團在天津、泉州、廣州的投資業務。2008年受委任為中國福建雲霄縣歸國華僑聯合會海外顧問。

2009年考獲信託基金營業執照。2011年考獲馬來西亞導遊資格證。2013年受邀擔任泉州傳統文化促進會名譽會長。2016年接任馬來西亞華夏文化促進會會長。

業餘從事社論和旅行寫作，並以沛公、Taipinglang等筆名發表過多篇作品。

曾歷任馬來西亞陳氏宗親總會總秘書、隆雪陳氏書院宗親會董事兼青年團秘書長、太平北霹靂陳氏宗祠青年團副團長、馬來西亞華校生署理會長、馬來西亞留華同學會理事。

目前擔任以下社團職務：福建省雲霄縣歸國華僑聯合會海外顧問、福建省漳州市開漳聖王譜牒研究會海外名譽顧問、福建省泉州市傳統文化促進會名譽會長、隆雪培南校友會榮譽會長、八打靈高原道教公會名譽顧問、馬來西亞中華茶藝公會署理會長、馬來西亞華夏文化促進會發起人兼會長、馬來西亞金廈同翔陳氏宗親會發起人兼組織秘書、吉隆玻沙叻秀華文小學董事會董事。

陳浩源

1970生，祖籍廣東清遠。

前四十三年無詩，只在參加高中合唱團時期唱過大馬現代詩曲。

1993年畢業於台灣國立中興大學外文系，外文研究所肄業，科技管理研究所碩士畢業。

曾經在台灣的商業電台擔任主持，1998年開始旅居上海參與多家中國大陸互聯網企業的創業與管理工作。

現任職於上海A股上市公司擔任高級副總裁兼首席運營官職務。2014年春天，經天狼星詩社社長溫任平先生鼓勵，加入詩社並開始嘗試寫詩至今。

詩作收入《眾星喧嘩：天狼星詩作精選》，臺北秀威資訊科技股份有限公司，2014年，《天狼星科幻詩選》（2015）。

陳佳淇

1997年生，祖籍福建永春。

2016年任韓江大學學院中文系副秘書。

曾擔任韓江大學學院中文系《潑墨》編委。同年，以口述歷史的方式研究檳城50、60年代的童玩。

2017年第十三期《潑墨》收錄了10篇作品。《馬華作家》季刊也曾收入著作。

2017年畢業於韓江大學學院中文系，9月赴台灣元智大學深造。

陳明發

另署亦筆、舒靈、陳楨等筆名。

1958年生，祖籍廣東海豐。

馬來西亞海上絲綢之路學會會長；絲綢之路文化智庫主席。

馬來西亞文化創意產業網站《愛墾網》（www.iconada.tv）創辦人兼主編。

馬來西亞管理學院院士，澳大利亞阿德萊德國立南澳大學企管博士。

詩作曾收入《大馬新銳詩選》（1978）、《馬華文學大系詩歌卷一，1965-1980》（2004）。

詩評曾收入《馬華文學大系評論卷，1965-1980》（2004），《眾星喧嘩——天狼星詩作精選》（2014）。

散文曾收入《南洋文藝1995散文年選～夢過飛魚》（1995）。

陳明順

1968年生，祖籍福建永春。

拉曼學院電腦科學系文憑。

美國康貝爾大學電腦科學學士。

現就業於網絡系統整合公司為技術支援專案經理。

詩作收入天狼星科幻詩選（2015）。

陳全興

筆名凡夜、陳擇雨及陳鯨想。

1961年生，祖籍福建安溪。

1987年畢業於馬來亞大學醫學系。

現職家庭及註冊職業保健醫生。

19歲與友人出版合集《蘋果的滋味》，25歲出版單行本《醫學生手記》，另有各類作品被收入合集及選集等。

1984年與友人成立〈馬大文友會〉，使校園文學蔚然成風長達20年。

1988至1993年與另五位同仁出版了十七本文藝雜誌《青梳小站》及一本合集《島上青梳》。

前後寫過多個醫療專欄，現是佳禮網站《醫生筆記》專欄作者。

曾獲第一屆三邦華文公開詩歌組冠軍，第一屆馬華文學節詩歌佳作，第一屆大專文學獎詩與散文優秀獎等。

陳鐘銘

1967年出生，祖籍福建惠安。

1988-1993年肆業於馬來西亞吉隆玻拉曼學院大學先修系&管理會計系。

馬來西亞天狼星詩社財政。

馬來西亞人生規劃顧問。

SWM銘盟理財團隊創辦人兼主席。

1988-1993年：曾主編：拉曼文友散文合集《青青子衿》、星城文友散文合集《十五星圖》；推動出版拉曼學院華文學會年刊《種子的歌》、《長街歲月》、《鳳凰木燃燒的歲月》等。

1989-1993年：曾獲多屆【馬來西亞大專文學獎】詩歌與散文組三甲獎項、第三屆新加坡【獅城扶輪文學獎】大專詩歌組首獎等。

詩作收入《眾星喧嘩——天狼星詩作精選》詩選合集，臺北秀威資訊科技股份有限公司，（2014），《天狼星科幻詩選》（2015）。

程可欣

原名程慧婷，1964年生，祖籍廣東中山。

馬來亞大學中文系碩士。

曾任馬來西亞國家公共行政學院講師，移動媒體集團子公司執行長。

現任馬來西亞天狼星詩社理事。

曾獲馬來西亞大專文學獎散文組第三名（1986），馬來西亞全國嘉應散文獎佳作獎（1990），馬來西亞南大校友會極短篇小說佳作獎（1990），星洲日報花蹤文學獎兒童文學佳作獎（1999年）。

80年代於各大報章撰寫專欄，同時積極為現代詩譜曲，並成為馬來西亞激盪工作坊一員。

著有散文集《馬大湖邊的日子》（1987），《童真備忘錄》（2000），《童真備忘錄TOO》（2013）。

主編《風的旅程》（1980年），《舒卷有餘情》（1989）。

作品收入《多變的繆斯：天狼星中英巫詩選》（1985），《馬大散文集》（1987），《熒熒月夢》（1987），《讀中文系的人》（1988），《只在此山中》（1989），《那人卻在燈火闌珊處》（1992），《迴盪在馬大校園的師生曲》（1992），《海外華文女作家自選集》（1993），《美的感動：海外華文女作家散文集》（1993），《涉江採芙蓉》（1997），《惟吾德馨》（2012），《眾星喧嘩：天狼星詩作精選》（2014），《天狼星科幻詩選》（2015）等合集。

戴大偉（1970-2015）

1970年生，祖籍福建蒲田。

1994年畢業於馬來西亞檳城理科大學藥劑系。

生前為藥劑師及生命教練。

著有詩集《生命睡著的地方》馬來西亞有加出版社（2015）。

作品收入《眾星喧嘩——天狼星詩作精選》，秀威資訊科技，2014年，《天狼星科幻詩選》（2015）。

風客

原名曾柏淞，另有筆名夏侯楚客。1957年生，祖籍廣東大埔。

1979年入報界，在《建國日報》任新聞編輯，翌年（1980）赴法，迄今逾30載。

詩作收入《天狼星詩選》，1979年。《眾星喧嘩：天狼星詩作精選》詩選合集，臺北秀威資訊科技股份有限公司。2014年，《天狼星科幻詩選》（2015）。

黃俊智

1991年生，祖籍廣東普寧。

馬來西亞天狼星詩社社員。

本科畢業於馬來亞大學語言學系中文專業，目前就讀廣州的華南師範大學，攻讀漢語語言學及應用語言學專業。

作品散見於馬來西亞報刊南洋商報和電子雜誌「詩雨空間」。

黃素珠

1948年出生，祖藉福建惠安。

中學時代就開始對詩及繪畫創作產生濃厚興趣。

2017年初參加天狼星詩社並被委為理事。

現任馬華公會聯邦直轄區州婦女組主席。

曾在甲洞國中執教數理華文廿二年。後創立城市國際學院並任首席執行長十二年至退休。

曾任吉隆玻市政府諮詢理事會理事6年。

曾任大馬福建社團聯合會，大馬惠安社團聯合會，隆雪惠安公會，甲洞福建會館等婦女組主席多年。

曾任馬華公會全國婦女組總秘書，副主席，州區會領導等卅餘年。

1994年起至2007年，先後受馬來西亞最高元首封賜AMN、JMN，及PJN聯邦拿督勳銜。

駱俊廷

筆名：何本，1995年生，祖籍福建惠安。

馬來西亞天狼星詩社社員。

畢業於韓江學院中文系。

畢業於台灣文化大學文藝創作組。

現就讀於台灣國立政治大學哲學研究所。

藍啟元

原名畢元，1955年生，祖籍廣東花縣。

退休華文小學校長。

現任馬來西亞天狼星詩社副社長。

著有詩集《橡膠樹的話》（1979），天狼星出版社。

作品收入《大馬詩選》（1974），《天狼星詩選》（1979），《眾星喧嘩——天狼星詩作精選》（2014），《天狼星科幻詩選》（2015）。

雷似癡

原名雷金進。1958年生，祖籍福建南安。

現任馬來西亞天狼星詩社副秘書。

著有詩集：《尋菊》，天狼星出版社，1981年。2014年為馬來西亞天狼星第一屆理事。

作品被編選入：

（一）《天狼星詩選》，天狼星出版社，1979年。

（二）《1981年文選Antologi Sastera 1981（棕櫚文叢3）》棕櫚出版社1983年。

（三）《多變的繆思》天狼星中英巫詩選。天狼星出版社。1985年。

（四）《眾星喧嘩——天狼星詩作精選》合集。臺北秀威資訊科技，2014年，《天狼星科幻詩選》2015年。

李宗舜

原名李鐘順，易名李宗順，筆名黃昏星。

1954年生，祖籍廣東揭陽。

1974年赴台，曾就讀國立政治大學中文系。

1994年至2016年，任職馬來西亞留台校友會聯合總會（簡稱留台聯總）行政主任22年，2016年退休。

現任馬來西亞天狼星詩社常務副社長。

【著作年表】

（一）詩集：

1.《兩岸燈火》（與周清嘯合集），臺北神州詩社，1978年

2.《詩人的天空》代理員文摘（馬）有限公司，1993年

3.《風的顏色》（與葉明合集），凡人創作坊，1995年

4.《風依然狂烈》（與周清嘯、廖雁平合集），有人出版社，2010年

5.《笨珍海岸》，臺北秀威資訊科技，2011年

6.《逆風的年華》，有人出版社，2013年

7.《李宗舜詩選Ⅰ》，臺北秀威資訊科技，2014年

8.《風夜趕路》，臺北秀威資訊科技，2014年

9.《四月風雨》，有人出版社，2014年

10.《傷心廚房》，有加出版社，2016年

11.《李宗舜詩選Ⅱ》，有加出版社，2016年

12.《香蕉戲碼》，有人出版社，2016年

（二）散文集：

1.《歲月是憂歡的臉》（與周清嘯合集），高雄德馨室出

版社，1979年

2.《烏托邦幻滅王國》，臺北秀威資訊科技，2012年

3.《十月涼風》，臺北秀威資訊科技，2014年

（三）入選重要大系和選集

1.《大馬詩選》，天狼星詩社，1974年，溫任平主編

2.《馬華文學大系詩歌》（1）1965-1980。彩虹出版社、馬華作家協會，2004年何乃健主編

3.《馬華文學大系詩歌》（2）1981-1996。彩虹出版社、馬華作家協會，2004年，沈鈞庭主編

4.《馬華新詩史讀本》（1957-2007），臺北萬卷樓圖書，2010年，陳大為，鍾怡雯主編

5.《我們留臺那些年》，散文集，有人出版社，2014年，張錦忠、黃錦樹及李宗舜主編

6.《眾星喧嘩》，天狼星詩作精選主編，臺北秀威資訊科技，2014年

7.馬來西亞潮籍作家詩選《定水無痕》（1957-2014）李宗舜主編,有人出版社，2015年

8.馬來西亞潮籍作家散文選《別在耳邊的羽毛》（1957-2014），辛金順主編，有人出版社，2015年

9.天狼星科幻詩選，溫任平主編，有加出版社，2015年

廖雁平

1954年生，本名廖建飛，易名廖建輝，祖籍廣東惠陽。

畢業於臺灣國立政治大學哲學系。

曾任職於新生活報，留台聯總《跨世紀季刊》責任主編，《現代家庭》主編及《中國報》社團記者。

榮獲大馬青年1983年度詩歌及散文獎。

著作年表：

《風依然狂烈》，（與李宗舜，周清嘯合集），有人出版

社，2011年。

廖燕燕

1966年生，祖籍廣東番禺。

馬來西亞天狼星詩社社員。

1987-1989年：曾任詩禮檳榔師訓學院華文特刊《新林》總編輯。

2004年：曾任《南洋週刊》——「彥彥站崗」專欄主筆。

現任華小校長。

林迎風

原名林楊楓，另有筆名：一木，楊峰，亞摩。

1960生，祖籍福建安溪。

現任《南洋商報》～東海岸執行顧問。南洋學生俱樂部（南俱）～東海岸總決策。彭亨州安溪同鄉會～名譽顧問。關丹長生學調整服務中心～顧問。關丹藝聲歌樂協會～音樂顧問。關丹雅韻歌友會～執行顧問。彭亨州關丹晉江會館～理事。

出版／參與出版之作品：

1.1979年中學時期，出版手抄本合集。

2.1980年新聞系時期，出版散文合集《青苔路》。

3.1982年踏入南洋之前，出版個人小說集《長夜》。

4.2006年出版《三人同心》新詩、散文及雜文合集。

5.2011年在雙福文學出版基金資助下出版《我願為長蓮的沼澤》。

6.2011年以作協東聯主席身份催生下，出版《東詩300首》。

露凡

1953年生，原名魏秀娣，祖籍廣東東莞。

退休公務員。

馬來西亞天狼星詩社理事。

作品收入《眾星喧嘩——天狼星詩作精選》2014，《天狼星科幻詩選》2015。

羅淑美

1968年生，廣東大埔。

業餘攝影與文字工作者。

畢業於馬來西亞藝術學院戲劇系，畢業後曾擔任團體表演藝術執行秘書，籌辦許多國內外的表演，講座等，求學期間寫過無數的廣播劇本。

目前醉心於攝影與文字工作，並於2017年擔任舞臺劇《塵光》的《告別——文字與攝影》策展工作，吸引了超過1000人看展。

潛默

原名陳富興。

一九五三年生，祖籍廣東臺山。

學歷：馬來亞大學中、巫文系榮譽文學士；馬來亞大學中文系文學碩士。

曾任：中小學語文教師、師範學院中文講師、馬來西亞開放大學中文講師。

現任：霹靂文藝研究會出版《清流》文學期刊主編。
大馬天狼星詩社翻譯組成員。

曾獲：一九七八年檳城南大校友會主辦「全國文藝創作比賽」公開組詩歌獎　第二名。

【著作年表】

（一）詩集：

1.《焚書記》天狼星詩社，1989年

2.《苦澀的早點》霹靂文藝研究會，2012年

3.《蝴蝶找到情人》霹靂文藝研究會，2014年

4.《潛默電影詩選》臺北秀威資訊科技股份有限公司，2016年

（二）綜合文集：

1.《煙火以外》出版社：無，1994年

（三）長篇小說：

1.《迷失10小時》霹靂文藝研究會，2012年

（四）中譯巫譯作：

1.《多變的繆斯》天狼星詩社，1985年

2.《扇形地帶》千秋出版社，2000年

詩作收入：

1.《馬華文學大系詩歌（二）》，馬來西亞華文作家協會，2004年

2.《眾星喧嘩——天狼星詩作精選》，臺北秀威資訊科技股份有限公司，2014年

3.《天狼星科幻詩選》，有加出版社，2015年

策劃／主編：

1.《詩之路》（師範文集），1991年

2.《跋涉》（師範文集），1993年

3.《自然的交響》（文學營詩集），2004年

覃勘聞

原名覃勘溫，1998年生，祖籍廣西北流。

馬來西亞天狼星詩社社員，南方大學學院中文系學生。

喜古文，好古籍，作文亦以古典為取向，力求精練。

汪耀楣

1967年生，祖籍福建廈門。

1990年畢業於吉隆玻班黛谷師訓學院。現於關丹中菁華文小學執教。

馬來西亞華文作家協會，東海岸聯委會彭亨州聯絡分站副秘書（2014-2018）。

作品收入：《東詩300首》（馬來西亞華文作家協會出版，2011年），《東詩三百首之貳》（馬來西亞華文作家協會出版，2013年），《天狼星科幻詩選》（溫任平主編，2015年）。

王晉恆

1996年生，祖籍廣東普寧。

在籍馬來西亞理科大學醫學生。

2017年加入馬來西亞天狼星詩社。

2013年得獲全國創作比賽散文優秀獎，吉打州作文賽冠軍獎。

2017年入圍馬大全國大專文學散文，小說，詩歌獎。

作品散見於國內外報章，詩刊及文學雜誌如馬來西亞《南洋商報》、《中國報》、《清流》，新加坡《赤道風》、《新加坡詩刊》，臺灣《葡萄園詩刊》、《臺客詩刊》，香港《聲韻詩刊》等。

溫任平

1944年生，祖籍廣東梅縣。

馬來西亞天狼星詩社社長。曾任馬來西亞華文作家協會研究主任，大馬華人文化協會語文文學組主任，推廣現代文學甚力。

曾於1981年與音樂家陳徽崇策劃國內第一張現代詩曲的唱片與卡帶《驚喜的星光》。

著有詩集《無弦琴》、《流放是一種傷》、《眾生的神》、《扇形地帶》（華巫雙語）、《戴著帽子思想》；散文集《風雨飄搖的路》、《黃皮膚的月亮》；評論集《人間煙火》、《精緻的鼎》、《文學觀察》、《文學。教育。文化》、《文化人的心事》、《靜中聽雷》與《馬華文學板塊觀察》。

《大馬詩選》主編，《馬華當代文學選》總編纂，《眾聲喧嘩：天狼星詩作精選》，與《天狼星科幻詩選》的總編輯。

作品被收錄進入《馬華當代文學大系》（1965-1996年）詩、散文、評論三部份，論文〈電影技巧在現代詩的運用〉被選入台灣出版的文學大系理論，成為大學中文系教材。

詩與散文多篇被選入大馬國中、獨中華文科教材。2017年，在網路成功舉辦端午與七巧節「閃詩競寫」，這是網絡閃詩活動的首趟，同年他在網路主辦以五四運動為討論主題的文學研討會，繼續拓展網絡的人文空間。

2010年獲頒第六屆大馬華人文化獎。

吳銘珊

1988年生，祖籍廣東潮安。

2007年至2009年7月畢業予南方大學中文系。

2009年至2011年4月畢業予臺灣元智中文系大學。

2011年9月至2013年畢業予蘇州大學對外漢語系。

目前在某教育機構任職中文老師。

吳慶福

1972年生，祖籍福建閩侯。

畢業於怡保深齋商學院電腦系，曾任中文電腦課程導師。創立好學補習中心。有加出版社創辦人。業餘編輯兼排版設計人。

2014年加入天狼星詩社，負責資訊組。

臉書〈詩雨空間〉及〈讀樂樂〉版主，編輯及出版《詩雨空間》電子詩刊。常於〈慶福的詩生活〉臉書群發表個人詩作。

2015年自資、自製出版個人詩集《超越光年》。另有詩作收入於《眾星喧嘩：天狼星詩作精選》2014年，台灣秀威出版；《天狼星科幻詩選》2015年，馬來西亞有加出版社。

謝川成

原名謝成。1958年生，祖籍廣東新安。

馬來西亞天狼星詩社副社長。

馬大中文系畢業生協會出版組主任，馬來亞大學漢語語言學系高級講師。

詩作〈雨簾〉收錄在《驚喜的星光：天狼星現代詩曲集》，作曲者：策劃：溫任平；指揮：陳徽崇等（1981）、〈音樂是多餘的喧囂〉收錄於唐祈主編：《中國新詩名篇鑒賞辭典》（成都：四川辭書出版社，1990）、《眾星喧嘩——天狼星詩作精選》（秀威資訊科技，2014年），《天狼星科幻詩選》（2015）。

【得獎記錄】

1.文學評論獎，馬來西亞華人文化協會，1983年

2.現代詩獎，馬來西亞華人文化協會，1987年

【著作年表】

（一）詩集：

1.《夜觀星像》天狼星詩社，1981年

（二）論文集：

1.《現代詩詮釋》，安順：天狼星出版社，1981年

2.《現代詩心情》，吉隆玻：馬大中文系畢業生協會，2000年

3.《謝川成的文學風景》，吉隆玻：馬大中文系畢業生協會，2000年

4.《馬來西亞天狼星詩社創辦人：溫任平作品研究》，臺北秀威資訊科技，2014年。

謝雙順

1967年生，祖籍福建惠安。

馬來西亞天狼星詩社理事。

1986-1991年於馬來西亞工藝大學主修航空工程系。

大學時期活躍於文學創作與推動文學活動，與大學同學創立文學團體《孤舟工作室》，定期出版《孤舟神話系列》。

現任工程企業公司董事主席。

作品多發表於馬來西亞各大報章與文學刊物，詩作被收錄於南洋文藝叢書詩選，工大文集《多情應笑我》。

徐海韻

1989年生，祖籍廣東梅縣。

2016年12月加入天狼星詩社。

2007-2009年畢業於馬來西亞南方學院中文系。

2012-2014畢業於台灣元智大學中國語言學系。

畢業後從事教育工作至今。

曾獲得第十二屆元智文學獎散文組首獎，第十三屆元智文學獎散文組第一名、小說組第一名。

徐宜

原名徐佩玲，1972年生，祖籍福建永定。

1993年至1997年畢業於馬來西亞北方大學，資訊科技系。現任職於本地一家軟件公司為軟件顧問。

2017年加入馬來西亞天狼星詩社。

楊世康

筆名楊康，1971年生，祖籍福建南安。

馬來西亞馬兒童作家。

曾以《電子父母》榮獲馬華文學節留台聯總兒童小說獎首

獎、星洲日報花蹤文學童詩佳作，也在馬華文學節南大微型小說次獎及大專文學獎散文首獎等。

出版個人兒童小說《電子父母》及童詩集《飛翔的童心》，童詩也曾收錄在小學課本及各類童詩選集。

張樹林

1956年生，祖籍廣東普寧。

現任馬來西亞天狼星詩社秘書長、中國廣東省海外交流協會理事、馬來西亞華夏文化促進會署理會長、馬來西亞中華茶藝公會總財政、馬來西亞潮州公會聯合會常委、雪隆張氏公會副秘書長、雪隆潮州會館董事、雪隆潮州會館獎學金委員會副主任。

曾任：馬來西亞華人文化協會中央理事、馬來西亞華人文化協會霹靂州分會秘書、馬來西亞青年運動（青運）全國副總會長、全國組織秘書、霹靂州會主席、下霹靂縣會主席、馬來西亞青少年臺灣觀摩團團長（1972）。

著有詩集：《易水蕭蕭》，散文集：《千里雲和月》

主編：〈大馬新銳詩選〉、〈馬華文學選〉（第一輯：散文）。

一九七五年榮獲檳城韓江中學校友會全國散文創作比賽季軍、一九七九年榮獲天狼星詩社社員創作獎：詩獎、天狼星詩社社員創作獎：散文獎、一九八零年榮獲馬來西亞華人文化協會文學獎：詩獎。

詩作〈記憶的樹〉及〈易水蕭蕭〉收錄在《驚喜的星光——天狼星現代詩曲集》，作曲者：陳徽崇等

作品收入《眾星喧嘩——天狼星詩作精選》2014，《天狼星科幻詩選》2015。

張玉琴

1961年生，祖籍海南文昌。

前職為新聞從業員。

現任單位信託基金顧問，八打靈發展華小工委會副總務，及屬下八打靈縣國中生華文進修班小組理事。

黃記達新聞編輯獎得獎人，《星洲55週年特輯》編輯。

趙紹球

1960年，祖籍廣西省容縣。

畢業於台灣國立政治大學新聞系。

先後在台灣及馬來西亞廣告界任廣告撰文、創意總監、廣告學院院長及整合行銷副總等職務。

FB社團【新詩路】版主及【新詩路練功場】管理員。

在高中時開始寫詩，作品散見於香港《當代文藝》、馬來西亞《蕉風》及《新潮》等刊物。

負笈台灣大學後輟筆，26年後重新用鍵盤敲詩，2017年5月突發奇想，援用多媒體動畫方式創作【玩詩不恭】動詩系列。

作品刊於台灣《台客詩刊》、《吹鼓吹詩論壇》及《野薑花詩集》季刊等。

鄭月蕾

1963年生，祖籍福建莆田。

吉隆玻精英大學會計與金融理學士

任職外企公司財務經理

作品收入《眾星喧嘩——天狼星詩作精選》（2014），《天狼星科幻詩選》（2015）。

周曼采

1976年生，祖籍廣東普寧。

2017年1月加入馬來西亞天狼星詩社。

五年前離職在家相夫教子。喜愛大自然和園藝。

周宛霓

1978年生，祖籍廣東普寧。

2017年1月加入馬來西亞天狼星詩社。

現任馬來西亞天狼星詩社理事

經營紙箱與包裝生意。

周偉祺（1969-2015）

一九六九生，祖籍廣東普寧。

自小喜愛文學，自修苦讀，對太空科幻詩情有獨鍾。

中學畢業後在紙箱製造廠工作，生前自行創業，經營紙箱生意，供應全馬廠商。

二零一四年加入天狼星詩社，受社長溫任平網路詩傳播影響，創作不輟。

作品收入《天狼星科幻詩選》，馬來西亞有加出版社（2015），著有詩集《剪刀・石頭・布》，馬來西亞有加出版社（2017）。

卓彤恩

1996年生，祖籍福建漳州。

現就讀南京大學漢語言文學系本科三年級。

2017年加入天狼星詩社。

畢業於韓江學院中文系。

中學時代曾獲得2015年吉打州創作比賽散文組金獎，2015年全國中學生創作比賽銅獎。2017年獲得韓江學院最具潛質青年學者獎。

秀詩人30　PG2052

天狼星詩選：
二零一八盛宴

總　編　輯 / 溫任平（天狼星詩社）
主　　　編 / 李宗舜（天狼星詩社）
責任編輯 / 徐佑驊
圖文排版 / 周妤靜
封面設計 / 王嵩賀

發　行　人 / 宋政坤
法律顧問 / 毛國樑　律師
出版發行 / 秀威資訊科技股份有限公司
114台北市內湖區瑞光路76巷65號1樓
電話：+886-2-2796-3638　傳真：+886-2-2796-1377
http://www.showwe.com.tw
劃撥帳號 / 19563868　戶名：秀威資訊科技股份有限公司
讀者服務信箱：service@showwe.com.tw
展售門市 / 國家書店（松江門市）
104台北市中山區松江路209號1樓
電話：+886-2-2518-0207　傳真：+886-2-2518-0778
網路訂購 / 秀威網路書店：https://store.showwe.tw
國家網路書店：https://www.govbooks.com.tw

2018年4月　BOD一版
定價：550元

國家圖書館出版品預行編目

天狼星詩選：二零一八盛宴 / 溫任平總編輯；李宗舜主編. -- 一版. -- 臺北市：秀威資訊科技, 2018.04
面；　公分. -- (秀詩人；30)
BOD版
ISBN 978-986-326-541-2(平裝)

868.751　　　　107003682

讀者回函卡

感謝您購買本書，為提升服務品質，請填妥以下資料，將讀者回函卡直接寄回或傳真本公司，收到您的寶貴意見後，我們會收藏記錄及檢討，謝謝！
如您需要了解本公司最新出版書目、購書優惠或企劃活動，歡迎您上網查詢或下載相關資料：http:// www.showwe.com.tw

您購買的書名：＿＿＿＿＿＿＿＿＿＿＿＿＿＿＿＿＿＿＿＿

出生日期：＿＿＿＿年＿＿＿＿月＿＿＿＿日

學歷：□高中（含）以下　□大專　□研究所（含）以上

職業：□製造業　□金融業　□資訊業　□軍警　□傳播業　□自由業
　　　□服務業　□公務員　□教職　□學生　□家管　□其它＿＿＿

購書地點：□網路書店　□實體書店　□書展　□郵購　□贈閱　□其他

您從何得知本書的消息？

□網路書店　□實體書店　□網路搜尋　□電子報　□書訊　□雜誌
□傳播媒體　□親友推薦　□網站推薦　□部落格　□其他＿＿＿＿＿

您對本書的評價：（請填代號　1.非常滿意　2.滿意　3.尚可　4.再改進）

封面設計＿＿　版面編排＿＿　內容＿＿　文／譯筆＿＿　價格＿＿

讀完書後您覺得：

□很有收穫　□有收穫　□收穫不多　□沒收穫

對我們的建議：＿＿＿＿＿＿＿＿＿＿＿＿＿＿＿＿＿＿＿＿

＿＿＿＿＿＿＿＿＿＿＿＿＿＿＿＿＿＿＿＿＿＿＿＿＿＿

＿＿＿＿＿＿＿＿＿＿＿＿＿＿＿＿＿＿＿＿＿＿＿＿＿＿

＿＿＿＿＿＿＿＿＿＿＿＿＿＿＿＿＿＿＿＿＿＿＿＿＿＿

請貼
郵票

11466
台北市内湖區瑞光路 76 巷 65 號 1 樓
秀威資訊科技股份有限公司 收
BOD 數位出版事業部

(請沿線對折寄回，謝謝！)

姓　　名：＿＿＿＿＿＿＿＿　年齡：＿＿＿＿　性別：□女　□男

郵遞區號：□□□□□

地　　址：＿＿＿＿＿＿＿＿＿＿＿＿＿＿＿＿

聯絡電話：(日)＿＿＿＿＿＿＿＿ (夜)＿＿＿＿＿＿＿＿

E-mail：＿＿＿＿＿＿＿＿＿＿＿＿＿＿＿＿